未名诗集

未名　著

哈尔滨出版社
HARBIN PUBLISHING HOUSE

图书在版编目（CIP）数据

未名诗集 / 未名著. — 哈尔滨 : 哈尔滨出版社,
2022.1
ISBN 978-7-5484-6297-2

Ⅰ. ①未… Ⅱ. ①未… Ⅲ. ①诗集－中国－当代
Ⅳ. ① I227

中国版本图书馆 CIP 数据核字（2021）第 189274 号

书　　名：未名诗集
WEIMING SHIJI

作　　者：未　名　著
责任编辑：韩伟锋
责任审校：李　战
封面设计：树上微出版

出版发行：哈尔滨出版社（Harbin Publishing House）
社　　址：哈尔滨市香坊区泰山路 82-9 号　　邮编：150090
经　　销：全国新华书店
印　　刷：武汉市籍缘印刷厂
网　　址：www.hrbcbs.com
E-mail：hrbcbs@yeah.net
编辑版权热线：（0451）87900271　87900272
销售热线：（0451）87900202　87900203

开　　本：880mm×1230mm　1/32　印张：13　字数：185 千字
版　　次：2022 年 1 月第 1 版
印　　次：2022 年 1 月第 1 次印刷
书　　号：ISBN 978-7-5484-6297-2
定　　价：68.00 元

序

欧阳忠

一天下午，我正在编辑部审读作品，一位青年蹑手蹑脚地走到我面前，向我微笑点头，并轻声却充满了自信地说：“我想在贵社出一本小诗集。”随即将他的诗稿放在我面前。我凝视了他一眼，他似乎有点腼腆，但眼神却很执着，又恳切向我道来：“如果不能出版，也希望得到您的指点。”我收下了他用稿纸誊写得干干净净、工工整整的诗稿，书法也还秀媚，给我留下了一个颇好的印象。我很快读完了他的诗作，并很快送审，复审与终审，出版社很快同意了我的意见——出版。我用电话通知了他，他急忙赶到我面前，并紧紧握住我的手——他确实太激动了！

他叫曾小强，笔名“未名”，刚进入而立之年，就有两个小册子问世，这对一个业余诗歌创作者来说，无疑是莫大的欣慰和鼓舞。作品不变成铅字，就难以得到读者的承认。现在，曾小强的诗作再一次得到了读者的承认。他只有四年多的诗龄，就在报刊上发了近百首诗，这对于一个业余作者来说确乎难能可贵，也确实证实了他的才气与勤奋。他的处女作《给一一》发表在《武汉晚报》上。让我引出这首处女作与读者共享吧：“我珍藏着／九真山下／大雪纷飞时／你赠送的太阳／我想回敬一颗恒星／但我又怕把你烫伤／你要飞了／但愿我的歌／能追上你的翅膀。”这首爱情小诗写得精巧玲珑，韵味有致，含蓄隽永，好吟耐品，想象和比喻也很微妙，给读者一种美好的憧憬，也给读者一种朦胧的意识，也可以说是一首朦胧诗吧。在这个集子里，诗人的表现手法并不限于《给一一》的艺术手法。他的诗有的隽永，有的明快，有的朦胧，例如《致青年朋友》就属于明快一类。作者向我们直抒胸臆：“如果爱神的金箭／有幸射中了你／别轻佻放纵／别羞怯迟疑／沟通／庄稼的命脉／收获／须把握天气／空中建不起美满楼阁／幸福离不开阳光土地。”我觉得这首爱情小诗不仅明快畅达，直切主题，而且内涵也很丰富，能使人受到教益与启迪。

爱情诗从古至今都是诗人吟咏的永恒主题。人类若没有爱情，那何以成为人类；人类若没有爱情诗，那么生活就会失去奇光异彩。今天，有相当多的青年诗人在创作爱情诗上是大有建树的，像舒婷的《致橡树》那就是爱情诗中的珍品。我希望曾小强的爱情诗能像《致橡树》那样在广大读者中产生反响，让读者在这样的爱情诗中受到鼓舞，得到感召，得到精神上的寄托与支持，那才是真正的爱情诗。毋庸讳言，曾小强的爱情诗虽然还没有达到这么高的思想境界与艺术境界，但他是在朝着这个方向努力登攀，因而，我对他今后的爱情诗歌寄予了很大的希望！

我常想，诗的一切都应该是美的——美的躯壳、美的仪表、美的音韵、美的灵魂、美的气质。曾小强同志的有些诗虽然还未达到这“五美”，但他只要努力开拓自己的创作视野，努力借鉴古今中外的优秀诗篇，努力沉潜到生活的激流中去，以充沛的激情，以敏锐的目光，以一颗执着的心，无疑，他会献给我们广大读者更多更美更有诗味的篇章，我确信！是为序。

目录

CONTENTS

我是五月玫瑰红 / 001

百果集 / 261

百蔬集 / 297

山水集 / 333

我是五月玫瑰红

致青年朋友

如果爱神的金箭
有幸射中了你
别轻佻放纵
别羞怯迟疑
沟通庄稼的命脉
收获须把握天气
空中建不起美满楼阁
幸福离不开阳光土地

绿叶32章

1

感情是马

理智是缰

2

廉价的同情

常常挂在脸上

珍贵的爱情

往往深藏心底

3

阴雨天

杆子立起来了

也是见不到影的

4

爱情的果实
只能结在脚下的土地
尽管爱情的花朵
可以开在我们的心田

5

指南，指南
不管风云变幻

6

不要让感情的洪水
冲决理智大堤
不可让感情的烈火
烧毁理智支梁

7

逆风时
最好选择低处的路

8

爱神能翻过
地位的山
能跨过
年龄的河

9

摘到硕果
需要坚毅
取得鲜蜜
需要勇敢

10

钢柱折易

情丝断难

11

脸上的疵点

只损坏自己

心上的疵点

会危害别人

12

最怕捅的地方

正是最弱的地方

13

蝴蝶多的花

并不一定最美

14

视力表是片纸

却能测出眼睛的好坏

15

铁轨

为了安全

并肩而进

既不亲近

也不疏远

16

想别人尊重你

你得先尊重别人

17

恋爱的自信

随环境而生长

随年龄而衰亡

18

人，必有幸运日

花，定有芬芳时

19

草木依季节而荣枯

青春随年龄而长消

20

洁白的云里

虽带有灰尘

纯真的爱里

却不杂私欲

21

天气因季节而冷暖
爱情随环境而浓淡

22

如果不浇水施肥
爱情之花也会枯萎

23

有意则亲近
有爱便思念

24

有志而无毅力的人
做事往往半途而废

25

走出的是小路

修出的是大路

想出的是天路

26

别在感觉的领域踯躅

别在想象的空间徘徊

27

人生最大的悲哀

是有志难酬

人生最大的遗憾

是有才自弃

28

对金钱贪婪

会玷污纯洁心房

对玩物贪婪

会蹉跎宝贵时光

对美色贪婪

会毁坏美满家庭

对事业贪婪

会爆发璀璨光芒

29

生活像一把利斧

不断地斧正理想

工作像一支妙笔

谱写出五线乐章

30

月华不常满

人生总有憾

31

有路行走易

无阶攀登难

32

爱是鲜花芳美

爱是绿叶情怀

爱是明月夜放

爱是太阳朝开

给一一

我珍藏着
九真山下
大雪纷飞时
你赠送的太阳

我想回敬一颗恒星
但我又怕
把你烫伤

你要飞了
但愿我的歌
能追上你的翅膀

给你7首

一

雪冬灰溜离去
鹅黄鼓动树梢
你的名常扣耳门
系着中考的秀苗
外语组初睹星眸
花坛里百媚千娇
从此美丽的小鸟
悄悄占居心巢

二

自从翅膀折断
我的青春变得灰暗
没有花前缠绵
没有月下浪漫
看着燕子双双
我的心更加怅然
但愿你能飞来
在贫寒的家园呢喃

三

又是雾儿逞能的早晨
又是时针指向七点的光景
不见已经十日
目光等候你慰临
十分钟，二十分钟过去了
仍不见你的倩影
这弥天漫地的大雾啊
多像我迷惘的心情

四

我讨厌这个夏季
它会带来长长的假期
你的欢笑将随夏季飘走
我的青春将在假期孤寂
我曾诗词沉迷
却落得翼折尘蔽
世俗提倡一色
谁让我独行特立

五

你在果甜的季节飞走
花香也不回看望
难道你的心巢
栖入了异乡的凤凰
无情的冬霜夏雨
怎能风化太阳
你美丽的星星
总在我心河闪亮

六

自从你飞去西方校园
乌云便弥漫晴朗心天
绞尽脑汁不能洗去你身影
你离我很远好像近在眼前
今日你突然飞到面前
乌云顿化作甘霖绵绵
看着熟悉陌生的星星
你离我很近仿佛远在天边

七

有一朵心花总想开放
青春屡遭寒潮打击
有一股感情总想奔涌
理智闸门坚固无隙
有一组小诗总想披露
池中鲤鱼未生龙翼
顾虑秋风东肆西虐
成熟的果实怎不落地

给

一

我记得
教室的窗口
你羞涩的目光
我记得
考场的路上
你羞红的脸庞
虽然命运
把我摔在地下
把你宠到天上
但你的朝霞
仍在我眼空飘浮
你的春焰
仍在我心房闪亮

二

你已经展翅
展翅飞云际
我仍然羽折
羽折荒漠地
尽管你眼里
还有昔日的情意
尽管我心中
仍存未来的希冀
如果我们不能翱翔
翱翔在同一块天地
我怎能对你说
我爱你

致青年朋友

春日多么温柔
春花多么可爱
祖国多么美好
生活多么精彩
青春展现你风采
切莫负春光厚爱
机易失
缘易逝
花易谢
春易衰
别在感觉的领域踯躅
别在想象的空间徘徊

微笑

微笑像清风吹拂大地
微笑像细雨滋润禾苗
微笑像黑夜月洒清辉
微笑像冬天阳光照耀

微笑使人优雅
微笑令人媚娇
微笑是战胜困难的法宝
微笑是俘获人心的妙药

朋友啊
只要你微笑面对一切
你的人生一定美好

她

她栖在相思树上
她常飞到我身旁
我有好多情丝
却不知如何织网

失落

曾有几朵花
向我招手
当春姑把她们
绣上枝头

我的头抬起又垂下
学海上
痴呆的魂
驾着一叶扁舟

走出书房
我的心失落了
北回归线已经
挂上了日头

等候

昨夜思潮激烈冲刷心滩
今晨我迫切等候她的航船
尽管天不作美洒下漫天大雾
雷达竭力搜索高扬的白帆
七点钟荧光屏显示目标闪现
玫瑰难堪手脚酸她没靠岸
她也许　她一定没看见岸边的诗郎
青女啊！你为何施妖法将良辰弥漫

给一位高考落选的朋友

天气有阴有晴
人生有逆有顺
你要经受住打击
千万不可轻生

你可知李太白
你可知杜少陵
自古人才逆境出

我们需要生活
生活更需要我们
愿我们都是风雪中的劲松
愿我们都是风雨中的雄鹰

我愿是

我愿是溪儿
在幽静的山里
自由地流淌

我愿是花儿
在蜿蜒的溪旁
自由地开放

我愿是云儿
在芬芳的花上
自由地飘荡

我愿是鸟儿
在悠闲的云中
自由地飞翔

感激

不知有多少日子
寂寞啃噬着我的神经

怕逛公园
怕看电影
怕工作匆匆离去
怕节日盛装来临

你的到来
我日夜不安的心
终于得到了平静

得恋

几星期镜子仔细鉴定
我不会寒碜你寒碜你的家庭
情感推动理智导引
探寻你的香迹你的芳行

欲问路我先投出一块灵石
仙化你的瀛洲没有路径
我拿出一大沓时币
购买你的翅翼你的眼睛

鹦鹉洲共饮咖啡厅
我阅读了你的心你的环境
古琴台相会沧浪亭
你接受了我的书我的热情

金风吹远日头扇凉火炉
收获的日子终于来临
我废寝忘食丰羽练翼
青鸟殷勤送来一书一信

情爱如洪

情爱如洪一天天暴涨
理智的闸门已无法锁禁
我该走出单恋的荒漠
去追求绿洲的鸾凤和鸣

请告诉我你的兰姓蕙名
它一定特别优雅动听
诗人日夜将它吟唱
简陋的房屋不再冷清

请告诉我你的神踪仙迹
他也许像缪斯缥缈难寻
诗人因此敛纸搁笔
朴素的几案又呈苦茗

人生本如大海航行
爱舟岂能一帆风顺
只要勤奋和忠诚护航
温馨的港湾一定惠临

春天的校园

春天的校园
你开得多么鲜嫩，亮丽
你风采动人，芬芳四溢
我偷偷将你刻录
刻录在纯洁的心底
多少个日日夜夜啊
我不断地放映，如痴如迷
环境如枷，锁定人生的轨迹
岁月如砥，磨消人事的记忆
如今哪，春去夏亦去
往事如梦难寻觅
唯有你的名字
在我清秋的心空
静静地游弋

假如

也许是星星
已映在心里
也许是从未想过
高枝上鲜艳的花朵
会掉落水里
对你的一次次暗示
我竟没有丝毫留意

假如当初
我们没有失之交臂
你怎会让诗人
沦落商海
任浑浊的浪涛
卷走才气

你热爱诗歌
聪慧秀气
你会给鱼儿
清澈的泉水
你会给鸟儿
新鲜的空气
也许我们
早已星光熠熠

人生失意哪堪回首
夕阳秋风向隅而泣

别以为

别以为
我太轻狂
像蝴蝶
喜欢在花丛中游荡
别以为
我太张扬
敢把心
晾在网上
别以为
特色的社会
传统的美德
已经沦丧
别以为
缺乏信仰的年代
在邪恶面前

人们都会免逸龟藏

人

就要像人一样站立

胸怀坦荡

天崩山摧也要挺起

坚强的脊梁

我是蜜蜂

我爱芬芳的花朵

是为了给人类

酿造阳光

相见无益

虽然很想见你
见了却又无益
年年山河依旧
岁岁人事各异

你已不是晶莹的珍珠
在青春的校园
光彩熠熠
我也不是哀怨的杜鹃
在家乡的苦楝树上
日夜鸣啼

虽然很想见你
见了又有何益

我们不能
抛家弃子
冲破樊篱
去寻找自由的天地
我们不能
跨越雷池
狗苟蝇营
被世人唾弃

既然相见无益
何不保持距离
让各自的心中
酝酿一个美好的憧憬
珍藏一段纯洁的回忆

诗苑有一个姑娘

诗苑有一个姑娘
她一定来自东海的方丈
只有仙山的灵气
才孕育出这美丽的凤凰

她的心灵通透莹澈
像银河一样明亮
她的诗歌优美动听
远胜黄莺的鸣唱

如果你想知道她多爱诗苑
不妨去她的空间探访
如果你想了解她的为人处世
请好好把她的诗文品尝

这么一朵美丽的鲜花
竟有人忍心将她污脏
这么一只美好的凤凰
竟有人忍心施以暗箭明枪

善良的诗友啊
你们是否和我一样
甘做绿叶
将红花衬托得更加漂亮

文坛才俊啊
请你们满足我的愿望
充当羲和、六龙
驮起辉煌的诗歌太阳

月亮心语

自从来到你的星空
就感受到强大的磁场
我偷偷吸收你的能量
才有这柔美的星光

时光如水流淌
逐渐洗清我的模样
我知道将来
没有人把我憧憬歌唱

今年春天

今年春天美妙浪漫
你我相遇在美丽的汉阳
愉悦月湖荡漾春色
优雅琴台弥漫芬芳
深情凝眸电醒眠心
频繁书信增厚情箱
太阳月亮虽彼此分离
广阔天空燃烧着渴望

我曾暗恋过一位姑娘

我曾暗恋过一位姑娘
你和她有相同的地方

你们都有美丽的大眼
眼光仿佛春波荡漾
你们都有清脆的甜嗓
嗓音宛如黄鹂鸣唱
你们同样热情大方
令人如栉春风如沐春光

她曾给我无数灵感
她曾使我自诩诗郎
如今寒夜的梦中
她还常常把我造访

你这么可爱的姑娘啊
是否也会跟她一样

总有一天天地会相连

美好年代厌闻硝烟
伟大祖国日日在巨变
秀丽江南营造风流
雄伟北国挥洒诗篇
发达科技创造神话
神奇网线使我们结缘
长江黄河天南地北
总有一天天地会相连

一株栀子花儿

一

一株栀子花儿
开在我家院里
因为玫瑰扎根心园
我对她并不珍惜
尽管给寒舍增添香色
但总觉得太平凡无奇
今晚突然被风刮走
我的心仿佛遭受雷击

二

我不恨你，我真的不恨你
这是我该得到的奖励
一任你遭受日晒雨淋
从不曾给你爱惜护理
得到时浑不在意
失去会追悔难已
此时我如掉入深渊
只看到漫天乌云悬崖峭壁

三

你走，我为何魄失魂系
一枝一叶理得清晰
你的性情如水一样柔和
你说话从不带肮脏的东西
你不会浓妆艳抹卖弄风情
你没事干就会不安坐立
得到你不一定得到天使
失去你可能失去一位贤妻

四

长夜即将逃匿
东方已经鸡啼
通往你的道路
仍然烟笼雾迷
你会不会去而复返
我该不该等你
这一道道难题
只有爱神才能解析

五

失恋的痛苦已经走远
和谐的乐曲跳上心弦
柔情的流水半盖地球
勤劳的星星满缀蓝天
庸俗的雁子随气候改变
坚贞的香樟叶绿百年
大地何处没有香花
莲藕既断何必丝连

我曾挺立腰杆

我曾挺立腰杆
背上求知行囊
夜晚采摘星月
白天追赶太阳

我曾挺立腰杆
挑起生活重担
十八年的心血汗水
终于浇灌出美满

我曾挺立腰杆
效法前辈榜样
讴歌真善美
让人间多一些阳光

赠唐朝宫女

走进网络
春夏秋冬
可以随意编移

走向太空
鲜花蜜果
能够同枝秀丽

走入梦幻
金灿灿
朕乃诗国帝

走回现实
我们中间有一个
残酷的夏季

无题

一只轻舟驶进商港
一条蛟龙困入浅塘
海浪不再拍打灵健
海鸥不再歌唱勇敢
水甜鱼美半解饥渴
虾蟹时常玩弄伎俩
腾飞宛如长空彩虹
瑶池何时送来琼浆

我不会永远沉寂

我本是一只鹰
却不幸折断了羽翼
从此广阔的天空
再也看不到我的踪迹
为了休养生息
我来到商业宝地
指望华屋美食
迅速康复身体
哪知权贵们眼中
神鸟和凡鸟无异
长长一十八年
弃置黑暗的角落
任其自生自灭
只施舍些素菜糙米
我鲜亮的羽毛渐渐脱落

敏锐的双眼暗生阴翳
难道极夜总无明日
难道天空将它永弃
弹簧压抑蕴蓄反击
柔云愤怒爆发霹雳
我是鹰
我是雄鹰啊
我不会永远沉寂

你是一杯千年美酒

你是女娲创造的尤物
世界因你亮丽华美

你的面容桃莲妒艳
你的眼睛星月忌辉
你的肌肤雪脂香溢
你的身姿杨柳风媚

你是一杯千年美酒啊
喝了，令人陶醉

寻求

到了好望角
并非到了印度
东方迷人的天堂
依然是海市蜃楼

人心长着翅膀
谁愿在沙漠里滞留
平坦的直道有人堵
长长的弯路还得走

元旦

秋去冬来死气沉
草枯叶落雪殷勤
一轮红日地平起
四海五湖欣向春

瑞雪

大寒天宇降惊奇
万户千乡裹素衣
新岁旧年皆有份
半呈喜礼半施仪

这一场雪

这一场雪
是追着雨来的
是乘着风来的
它既不像花也不似絮
这一场雪
来自神圣的天国
来自自由的世界
它是云中君的化身
在太阳远离阳光被遮蔽的时候
在地面泥泞树木裸露颤抖的时候
在虎年奄奄一息的时候
它潇洒地来了
它赶走了凄风苦雨
给我们的生活
撒了一层洁白的盐

残冬的雪

这残冬的雪
飘飘洒洒
来也匆匆
它撒向你的全身
飘入你的胸中
仿佛春天的杨花
风情千万种

这残冬的雪
漫空飞舞
落地即融
它预示冬天即将走进轮回
它显示春潮正在暗暗涌动

这残冬的雪
来也匆匆
去也匆匆
你很留恋它吗
你想追寻它吗
看
那屋顶
那山冈
还有它的芳踪

四季

春

万紫千红
是你的色彩
莺歌燕舞
是你的声韵
朝气蓬勃
是你的精魂

夏

你的开放
令人感到惊异
你的热情
让我承受不起

秋

成熟的喜悦
甩不掉凋零的凄凉
枫叶的红艳
相伴着菊花的芬芳

冬

消散了
眼底的热情
远去了
心上的风景

立春

太阳的脚步开始回转
东南风奋起挑战严寒
细雨浸润，万物渐醒
新年的耕种胸中点燃

好趁花开浪漫吟

夏赤秋黄冬雪冰
青春造化靓昔今
花香鸟语娱鼻耳
日煦风清爽体心
水碧山青人世好
国强民富母亲亲
此身幸有鸿鹄翼
好趁花开浪漫吟

诗意人生伴岁流

年少豪情漫小洲
沧洋欲渡浪骠舟
悬梁苏相虽无仿
挂角朱公却有俦
母校春温花貌艳
汉商秋冷叶衣羞
桃源闹市结缘分
诗意人生伴岁流

我和她

一

一只美丽的鸟儿
飞入我的眼帘
一股奇妙的感情
激荡在我的心渊

二

我的心跳了
当听到她的娇音
我的脸烫了
当闻到她的芳馨
我慌忙离开
逃避众人的眼睛

三

多少个黑夜白天
她骚扰我的心园
多少次网捕计划
却总被犹豫搁浅

四

以前我把爱
藏在心里
今日我把心
放于信里

五

马路旁

晨风中

我心儿剧烈地跳

手拿信一封

她翩翩飞来

脸儿通红、通红

六

她来

带来了谜

她走

留下了梦

早春

红梅还在燃烧
蜡梅仍在竞俏
吹面不痛的风儿
已将春信相告

春天复活于枯草
春天展现在柳条
春天披着霞光
向我们走来了

给热爱诗歌的朋友

我们到这里来
为了快乐和友爱
我们到这里来
为了心中的梦想有一个交流展现的舞台

我们的心灵像水晶透明
我们的感情像海水澎湃
我们的思想像宇宙广阔
我们的追求像太阳光彩

我们热爱诗苑
不管它小如池塘还是大如湖海
我们崇拜佳作
不管它出自权贵之手还是发自平民之怀

我们尊重诗友
不管富贵还是贫贱
我们珍惜友谊
不管现在还是将来

诗无终点只有起点
我们要锲而不舍反复修改
诗无最好只有更好
我们要不断学习超越前代

我们厌恶诗苑争斗
争斗者往往心怀鬼胎
我们鄙视人身污辱
污辱者一定心理变态

我们要遵守道德法律
切莫把别人的羊儿顺手牵来
我们要关心国计民生
决不把自己与社会割开

我们来自五湖四海
几世修缘才相聚一块

让我们登上这舞台
尽情展现自己的风采
让我们手拉手心连心
一起走向美好的未来

致中年朋友

我们已经步入夏季
我们的青春已经凋零
蝴蝶不再缠绵
蜜蜂不再殷勤
尽管能听到小鸟歌吟
尽管能闻到玫瑰芳馨

春天固然使人留恋
但夏季自有夏季的风韵
夏天像东方父男
严厉而又慈爱
夏天像西方妇女
开放而且热情

让我们珍惜夏季吧
趁干正壮
叶正茂
枝正青

游春曲

我悠闲地踱着方步
头上开出一朵小花
和煦的阳光将它沐浴
温柔的风儿把它描画

雨洗过的天空多么明净
雪絮过的草地多么秀雅
凶恶的寒潮哟
怎能阻挡春天的步伐

亲爱的人啊
你是否看到
一个饱受磨难
如今幸福的他

四月

走过雨雪繁华的三月
我们走进碧绿的四月
四月的风
是天宫演奏的美妙音乐
四月的雨
是银河洒落的水，晶莹甘洌
四月的太阳
多么潇洒、和悦
四月的大地
尽情把爱宣泄
四月的乡村
勤劳的牛儿
正在把奉献书写
四月的城镇
勇猛的虎儿

正在欢啸，跳跃
四月和游客
结下不解之缘
四月同文人骚客
订下万年之约
尽管四月的泪雨
曾打湿清明
泪水洗过的心灵
难道不更净洁
尽管四月
有时也会有寒潮肆虐
当肃杀的正气升腾
妖魔鬼怪瞬间便灰飞烟灭
四月——成熟、端丽的姑娘啊
我要向你献上最好的一帖

无题

一声沉重的叹息
发自落寞的心底
在流淌的岁月
激荡起阵阵涟漪
浩瀚无垠的苍穹
北辰闪耀天际
她恒久把希望
点亮在迷失者心里
广阔的南方夜空
有一颗星孤独游弋
没有璀璨的星光
没有伟岸的躯体
造化令他们天各一方
命运使他们帝民迥异
既无银河可渡
更无彩虹相系

你在我的岸边踯躅

你在我的岸边踯躅
但愿你能跳进我的心河
它将溅起缤纷的浪花
伴随你一路欢歌

蝴蝶在花丛中徘徊
是不是表情示爱
知了在树枝上啼鸣
是不是展风露采

宇宙呀广阔无垠
尘世呀众生芸芸
那一根根红线相系
难道是前世注定

也许晴天会炸响一声惊雷
也许星夜会划燃一道电波
如果能传琴挑的佳话
这一生谁说我们白活

如果

如果你想摆脱寂寞、忧伤
请跟我翱翔四方
你的心天会逐渐晴朗
我的心空将更加宽广

我们先展翅南翔
南方有刘三姐的故乡
在优美的山水和山歌中
我们将尽情徜徉

然后我们鹏程天山
去领略西域奇特风光
我们还要到天池沐浴
彻底洗去身心的肮脏

接着我们转向北航
把神奇的青冢拜访
让昭君爱国的义举
升华我们的情感和思想

最后我们飞向东海
把传说中的三山探访
一旦找到仙山仙草
我们就能泽惠四方

劳动节

劳动人类创造神
劳动社会进步根
不劳而获实可耻
五一荣光劳动人

母亲节献礼

母爱无私像太阳
照耀儿女甜又香
节日送上康乃馨
祝福母亲永吉祥

献给党的歌

我们萌于屋后
我们生在坡上
沐浴着明媚的阳光
我们生机盎然

来到温馨的校园
开放在肥土沃壤
吮吸知识的雨露
我们茁壮成长

一件件新潮的裙衫
绣满醉人的春光
一个个挺拔的身躯
要将云天戳穿

曾经有厚厚的乌云
笼罩在父辈们头上
失落宝贵的青春
留下累累创伤

一片片枯黄的叶子
一根根扭曲的躯干
一粒粒干瘪的种子
一面面破损的花盘

我们的大地
如今是果甜花香
我们的天空
如今是星辉日灿

一个个苗条的身躯
托出一张张甜脸
新中国的朝阳花
永远追随太阳

晚泳

风，轻轻挥舞着手臂
月，悄悄播撒着银泽
我脱掉身上的一切
勇敢投入美丽的小河
河水多么清凉柔和
该不是天为我造地为我设
一条鱼儿尽情游玩
水波荡漾，浪花欢歌

一条无名的小河

一条无名的小河
历经坎坷曲折
他愉快地融入
古老年轻的运河

他喜爱长江的壮美
他欣赏黄河的奇特
他庆幸结交四方
他渴望如画如歌

日出喜岭

昨夜路成河
今朝日跃波
老天终向善
黄鹤泪飞歌

七夕

我向来对天河
怀着极大的反感
因为它隔断了
可怜的织女牛郎

七夕鹊桥相会
那只是善良人的愿望
实际上千万年
他们痛苦地凝望

不知

不知娇美的黄鹂
为何如此孤单
不知欢快的云雀
为何这般凄凉

是不是欲站高枝
让生灵倾听你歌唱
是不是想飞九霄
让神仙仰望你翱翔

我曾美梦梧桐伟岸
醒来怅然一枕黄粱
我曾绮思比翼蓝天
秋黄令我无比感伤

何处可觅灵芝仙丹
使我再现青翠模样
何地可使时光逆流
让春兰秋菊一同芬芳

给一位庸俗的女人

别以为给你优待
是对你特别怜爱
那只是清风明月
机缘巧合不请自来

我已走过春天
今又夏去秋来
青涩已被
红甜取代

桃花艳丽
荷花纯洁
梅花坚贞
世上哪有无故的爱

诗人的感情
山高水深
它不会泛滥
也不许乱栽

我希望

我希望躯干粗壮
枝繁叶茂
让你安心
在上面做巢

我希望结出
累累硕果
让你不再
为生活操劳

我希望释放
更多氧气
让你身体健康
天天快乐

我希望给你
一片广阔的天地
让你唱得更远
飞得更高

中秋

儿时的中秋
明珠从未滚进心头
一个个香甜的月饼
是馋嘴日夜的守候

成年的中秋
嫦娥不曾停留眼眸
一心儿抓住佳节
让钱包迅速增厚

如今的中秋
似久旱对雨露的渴求
那一轮圆圆的憧憬啊
会不会光临我的窗口

十五的月亮十六圆

别以为风吹雨打
只有晦暗的中秋
我床头有唐诗宋词
桌上有黄鹤楼美酒
把王右丞请出
听他吟咏离恨别愁
同苏学士一起
把酒问“明月几时有？”
别以为凄风苦雨
已把心寒透
雨渐细
云渐瘦
气渐和
风渐柔
我坚信十六
清辉会洒进小楼

我不希望

我不希望你像昙花
夜开晨落
我不希望你像流星
瞬间划过
我不希望你脸上
挂上我昔日的忧伤
我不希望你的人生
像我一样坎坷曲折

如果你有什么烦恼
请不妨对我诉说
我会及时赠送
忘忧草一棵
如果有什么困难

请分一半给我
我现在还有能力
承担些许负荷

如果你真心爱我
请不要闪闪躲躲
爱是人间圣情
爱是最美的花朵

你是人们喜爱的鹂鸟
你是天生的歌者
我不希望寒蝉
驮走你的热情
我希望你像恒星
永远在天空闪烁

你会不会

你会不会像朝霞
灿烂在蔚蓝的天际
一旦将你收藏
却落得浑身水浥

你会不会像月亮
皎洁在清澈的湖里
一旦将你打捞
却不见你的踪迹

你会不会像玫瑰
娇艳在青葱的园地
一旦将你采摘
却被刺得鲜血淋漓

你会不会像罂粟
美丽在阴森的谷底
一旦将你品尝
却把一切毁弃

哥妹

世上花儿不胜数
最动人的只一朵
花儿芬芳使人醉
花儿鲜艳令人歌
哥是蝴蝶妹是花
蝴蝶恋花花儿乐

地球水域比地多
哥该拥有只一钵
水清能将胃肠润
水柔可把躯体濯
哥是鱼儿妹是水
鱼水两欢情脉脉

人间姑娘千千万
哥最爱的只一个
妹妹才华哥钦佩
妹妹品貌哥仰慕
哥是星星妹是月
星月交辉映山河

我不是

我不是鲲鹏
能展翅万里
我不是梧桐
能引凤凰栖息
我不是财主
能使心爱的人珠光宝气
我不是宝马
能风风光光满世界游历
我只是燕雀
安于家园和谐鸣啼
我只是老树
在秋风中渐渐朽靡
我只是烂股
即将退市走向三板
我只是野鹤
喜欢逍遥在诗苑游戏

让我牵挂的人哪
让我心疼的你
别将青翠附枯黄
别把幸福托虚拟
错季的鲜花怎同丽
错位的人生怎甜蜜

日月恋歌

我把光给你
使你清丽柔美
让大地上的生灵
都对你喜爱赞美

我把热给你
使你充满生气
让你以奇特的魅力
牵引大海潮汐

我把爱给你
使你涅槃新生
让你真正成为
地球的守护女神

白天我给世界光明
夜间你给人间温馨
让我们一起
去把奉献履行

入冬

大雁已经南翔
五谷已经收藏
蛙蛇开始休眠
地表渐渐枯黄
东君远赴他乡
青女骄纵轻狂
天空阴云惨淡
月星难现辉芒
季节的玉轮
不再欢快吟唱
人生的旅途
不再绚丽浪漫
即使蚊蝇消尽
终留下太多荒凉
即使精锐养蓄
终荒废太多时光

纵有雪花妙曼
徒增凄美的感伤
纵有梅花奇艳
怎结温馨的向往
面对一季严寒
该及时备好时装
坚韧度过艰难
迎接新春的太阳

乌云已散

我的窗通畅
我的房敞亮
笼罩在天空的乌云
已经被阳光扫荡

我要漫步汉口
我要漫步武昌
我要把美好的武汉
仔细亲切地打量

再登黄鹤楼翩舞
再上电视塔眺望
再去归元寺参禅
再把古琴台观赏

那美胜西湖的东湖
那精心扮靓的月湖
她们的神姿仙态
我都要拍摄珍藏

这么多佳肴饱餐
今冬再不会忧伤
待到桃花开时
我将携春翱翔

窗台上的月季

我家对面的窗台
有一位月季姑娘
她的枝叶花儿
像玫瑰一样漂亮

早晨一开窗
她总吸引我的目光
夜晚就寝后
她常常翩跹在梦乡

自从我到这儿过渡
她好像视我为情郎
从晚春直到初冬
不断艳丽地开放

今天风雪交加
感到她特别悲伤
那萎蔫颤抖的花朵
似乎随时会凋亡

可我只能心痛观望
可我只能祈祷安康
只有庄园建成
才能让她永芳

雪花飘落平安夜

一场妙曼的雪花
飘落平安之夜
它给美丽的江城
增添了热闹和谐
路上车水马龙
商场人流奇绝
人们把吉祥的愿望
与圣夜购物粘贴

一场妙曼的雪花
飘落平安之夜
它给人们的生活
增添了温馨圣洁
和亲人相聚
听圣诞歌乐

吃一个香甜的苹果
让人生永粲笑靥

一场妙曼的雪花
飘落平安之夜
它给儿童的世界
增添了浪漫欢悦
去观赏圣诞树的灿烂
去感受圣诞老人的亲切
做一个童话美梦
将神圣的日子迎接

尘埃落定

老天终于开眼
菩萨终于显灵
石头已经落地
尘埃已经落定

垫高枕头
忧愁再不会夜深侵凌
清爽身心
劳烦再不会干扰出行

远离繁华喧嚣
让人生返璞归真
远离虚伪争斗
让生活风平浪静

以山为伴
以水为邻
以日为友
以月为亲

贺元宵情人双节

元宵明月两相圆
浪漫玫瑰增异篇
龙舞雄风姿矫健
凤呈娇媚爱柔绵
迷灯谜语蜜情境
新义欣俗馨洞天
但愿五洲能大统
年年今日不硝烟

我和春天有个约定（一）

一次温馨的冬眠
已眠去了几沓光阴
多少奇妙灵感
都在迷蒙中消隐
春天的脚步日益临近
家家鞭炮盛宴欢迎

真诚的朋友将我呼唤
亲爱的人儿期盼殷殷
我呀该及时苏醒
我和春天有个约定

我和春天有个约定（二）

我和春天有个约定
我们相约携手旅行
让美丽鲜花开满中土
让青翠草木绿遍国境

一月份我们相会南国
南方此时已花香鸟鸣
春姑娘挥舞神奇双手
描绘华南迷人的风景

然后我们翻越南岭
一路上迎春花热情相迎
三月前后进入长江流域
由川至沪播撒芳馨

三月中下到达黄河流域
四月初我们畅游京津
一路并非总是阳光明媚
风雨风雪不时会袭侵

四月中潇洒挺进东北
北方大草原也有我们的脚印
沿途我们愉悦融冰化雪
五月初抵达黑龙江边境

宝岛随时可看到我们的身影
四月西北风沙大我们只能暂停
五月青藏高原飞雪迎迓
入夏后我陪她常住昆明

我和春天有个约定
我们相约共同奋进
使神州大地生机勃勃
使祖国母亲焕然一新

桃花开了

桃花开了
开得多么艳丽
我的心花开了
开得如此神奇

这李白的江南三月啊
多么富有诗情画意

阳儿亲了
风儿柔了
叶儿翠了
花儿香了
鸟儿欢唱起来了
偶尔寒潮侵袭
只会让人更加珍惜

桃花开了
开得多么艳丽
我的心花开了
开得如此神奇

桃花心花绽放
美丽了这人间春季
心花桃花相恋
将演绎一段仙凡传奇

春天已随春花飞

别了，和风细雨
别了，千娇百媚
春天已随春花飞

把目光转向夏天
让思绪在夏季萦回
让心儿在荷塘月色里陶醉

在暴风骤雨中展现坚强
在流汗沥血中体现高贵
人生，应从此芳菲

江滩漫步

昔日的一段悲怆
如今的一道风光
我们汉阳江滩
世人谁不向往

这里是神话世界
这里是艺术天地
这里是植物王国
这里是休闲天堂

漫步美丽公园
胸中幸福流淌
石榴绽开红艳笑脸
玫瑰飘漾醉人芬芳

漫步绿色长廊
身儿无比舒畅
树木撑开奇异大伞
江风送来丝丝清凉

漫步初夏的江滩
观赏浩浩长江
我心飞翔

我是神仙

我是神仙
经过八十一难磨炼
能腾云飞升天庭
能驾雾降临人间

我是神仙
超越了凡俗的局限
不再为生活劳烦
不再被工作绊牵

我是神仙
如清风飘逸如白云悠闲
不论哪里的青山绿水
都会有我永恒的爱恋

彷徨

我在唐朝都市里彷徨
百米街道却走不到她住的地方
我怕枯叶使鲜花蒙羞
春天的故事不能再续讲

我在黄河岸边彷徨
九曲黄河宛如我的回肠
如果曲折都能变直
人类的生活多么通畅

我在现实和虚幻中彷徨
情爱之潮时落时涨
我期望有朝一日
平静的心海腾升起太阳

那一株玫瑰

那一株珍奇的玫瑰
我本想尊摆厅堂
可是没有天窗
我怕她迅速枯黄

那一株优雅的玫瑰
我打算栽种庭院
可又怕无力呵护
使她失去娇颜

那一株美丽的玫瑰
我只配放在心中
我知道我的余生啊
心儿会一直被刺痛

亲爱的朋友，我在古琴台等你

一场秋雨，浇灭暴戾
空气清凉，桂香习习
秋天是果熟的时节
让我们把幸福握在手里
亲爱的朋友
我在古琴台等你

那一次走出虚拟
巨大的差异并未使我们远离
不断的问候体现关爱
连绵的吟咏表达心意
人生难得一知己
亲爱的朋友，我在古琴台等你

中秋灯会盛空前
武汉月湖添惊喜
彩灯画境能点燃激情
诗友欣会将永存记忆
千古知音最难觅啊
亲爱的朋友，我在古琴台等你

望庐山瀑布

白练一条崖壁挂
瀑流游客两喧哗
银河只在天空漾
羞愧香炉笼素纱

三叠泉

也许你来自银河
荟萃了天宇精华
也许你来自瑶池
汇聚了仙灵甘露

你一波三折地向下奔流
如冰绡百丈，抖腾长空

如白鹭千羽，纷飞崖壁
如明珠万斛，倾泻龙湫

下几千级石阶
为了一睹你的神姿仙态
爬近万米山道
为了饱餐你的灵秀

摸一摸你的圣洁
立觉神清气畅
亲一亲你的娇柔
顿感身心爽透

千年的梦幻啊！请允许与你合张影吧
让我把这段情缘长久保留
绝世的佳丽啊，请允许摄下你的真容
让我将你和庐山随身带走

那在水一方的姑娘

那在水一方的姑娘
你俨然千古皎洁的月亮
多少人渴望揽你入怀
却只能在甜美的梦乡

那在水一方的姑娘
你是我天空悬挂的太阳
我的生活因你鲜艳芬芳
我的前途因你坦荡辉煌

那在水一方的姑娘
你一定是仙女从天而降
虽然我顺溯都不能到你身边
但我的心花只为你绽放

那在水一方的姑娘
你可不可像七女怜悯董郎
尽管只有百日的姻缘
凄美的故事至今仍传扬

那在水一方的姑娘
你能不能像织女爱恋牛郎
纵使终将被银河分隔
相信还会有喜鹊为真爱搭桥梁

写给春天（一）

你在迎春花的热情下鲜嫩
你在梅花的凋谢中香艳
你用碧绿描绘世界
你用万紫千红美化生活
你身披温暖的阳光
你栉着和风沐着细雨
你使蜂蝶为你殷勤
你使莺儿欢歌燕儿翩舞
你使蛙蛇从昏睡中苏醒
你使人类永远做着与子偕老的甜梦

我曾想与你携手同行
让祖国大地处处温馨
我曾想与你长住昆明
让我们的爱情万古长青

可是由于我的言而无信
令你叶儿自绿花儿自芳
令你泪雨滂沱悲愤雷鸣
我是应该遭受谴责鄙弃的人

如今兔遁龙腾
你很快又要华丽登场
很快又将陶醉生灵
不知你还会不会为我桃之夭夭
不知我还能不能与你琴瑟和鸣

写给春天（二）

从地面青翠的草儿
从柳条鲜嫩的叶儿
从桃枝新生的蕾儿
我寻找着你

从不时吹拂的微凉的风中
从偶尔飘洒的细甜的雨里
从常常照耀的温煦的日头上
我感受着你

你本应乘着东南风
自南而北，盎然生机
你本该坐着花轿
一路香飘，燕舞莺啼

也许是曾遭寒潮打击
你异常娇羞、矜持
也许是怕再次被麻雀们叽叽喳喳
你故意将高傲的诗心压低

春天妹妹啊
请赶紧大胆地万紫千红吧
为了我，为了他，为了你

春日诗情

北返金乌气象新
千枝竞秀艳阳春
动情最是桃花怪
岁岁妖娆岁岁吟

伤春

风雨黯春光
心河漫流殇
天空无明月
人间少华章

风雨三月

尽管连绵的风雨
欲毁坏春天的娇颜
欲消除人间的笑靥
然而天公地母
早已把他们的至爱至美
许配给了三月

看风中，桃花依然红艳
看雨里，梨花更加素洁
看万千佳丽
谁愿芳菲泯灭

撑开天堂伞
我坚毅地走进风雨
走进这烟花烂漫的世界

向天堂寨、神仙谷进发

破灭了网络的传奇、童话
厌倦了尘世的喧嚣、浮华
我将乘三月的风
向天堂寨、神仙谷进发

那闻名而神往的山寨啊
一定如诗如画
四方造访的客人哪
会不会乐不思家

那神仙逍遥的峡谷啊
一定如梦幻般令人惊诧
一旦投入她的怀抱哟
或许能青春焕发

网络爱情皆水月镜花
尘世人心多狼残狐诈
大自然永不会故意云遮雾绕
只有在绿色的世界才能把激情挥洒

我应把该放下的放下
从此迈开逍遥的步伐
看我诗词人生
在青山绿水中潇洒

风筝

本是一小块纸或布
被做成各种形象
借助一定的风力
才得以到天空翱翔

你以为你变成了精灵
已受到世人瞻仰
请看那根命运线
还攥在别人的手掌

江流浩荡向东方

四月到，百花香
莺啭燕喃蜂蝶忙
盛春醉心情难羁
江流浩荡向东方

狮子奇林天下扬
寒山宝刹香火旺
乌镇乌篷流古韵
西湖西子闪星光

名山屡登览
胜境该品尝
莫让韶华空流淌

拚把庸索断
风流效唐郎

悠悠古琴台

悠悠古琴台
青山桂欲开
年年七夕鹊桥仙
斯人独徘徊

悠悠古琴台
绿水脉脉拍
佳丽不至琴弦断
美景难怡怀

悠悠古琴台
日月照千载
高山流水有知音
缘去缘复来

冬到古琴台

冬到古琴台
叶残花已败
龟山色衰月湖瘦
落寞难遣怀

走进琴台门
仙乐来天外
雕像馆内知音现
佳话传千载

徘徊琴台旁
悲哀胸澎湃
人生难得一知己
知音今何在

我该去南方啦

呼啸的北风
吹断了知音电话
美丽的东湖
已不能使心河喧哗

曾经向往的北方啊
此时正在风雪中挣扎
那一座座巍峨的山峰啊
再不会温顺地任我踩在脚下

我该去南方啦
想必那儿草木仍在展现青春的芳华
那儿的鸟雀仍在热烈地将爱情抒发
那儿的山水仍在不断上演传奇、神话

我该去南方啦
我要让我的诗歌
在那片温暖的土地上
绽放奇葩

相逢是首歌

你的热情胜火
融化了我的寂寞
五十公里行程
仿佛羽箭射落

十里峡谷景点
一片片云烟飘过
牵动我身心的
只有那一路飞舞的花朵

走出峡谷
攀上高坡
美丽的天池
在金乌下闪烁

献给三八妇女节

女人如地
人类因你
生生不息

女人如水
水润的世界
才有勃勃生机

女人如花
花开四季
芬芳美丽

三月飞歌

桃花红
梨花白
百花争艳雁归来
抛开世间冗繁事
化作蜂蝶游花海

西湖西子千娇媚
桂林三姐画屏开
东湖木兰英姿爽
大理阿妹情乱怀

人生本苦短
世道常相乖
愿天惠赐生花笔
让我青春放异彩

我在春天里飞舞

暖阳使我僵体复苏
和风助我挣脱束缚
天公赐我七彩羽翼
春天里，我又开始飞舞

红艳艳的桃花啊
为何你总让我情不自主
白生生的梨花哟
请别说你不似美人的肌肤
金煌煌的油菜花呀
你是不是想把我留住

我已仙化脱俗
美丽的鲜花都令我心生爱慕
花王牡丹、花后杜鹃
你们该不会认为我浪荡，轻浮

我在春天里飞舞
我要舞出一个
欢乐的海洋
花样的前途

我在春天里飞舞
我要采集百花的精华
将天地间的至美
向世界展出

春天花儿开

春天花儿开
羽翼飞起来
飞到玉兰前
喜把爱表白

春天花儿开
天地大舞台
翠绿好背景
蝶舞莺天籁

春天花儿开
欢欣入花海

桃花扬艳旗
樱花展风采

梨花亮娇颜
海棠呈媚态

牡丹王、杜鹃后
令人痴，使人呆

春天花儿开
美丽长萦怀
为春歌一曲
与春共徘徊

春天花儿开
爱情荡心海
为春歌一曲
与春共千载

人间四月天

人间四月天
风光美无限
清风播芬芳
煦阳织锦绢

人间四月天
牡丹现尊颜
游人赏花忙
花痴醉君前

人间四月天
情重是杜鹃
红火金星闪
娇媚欢歌绵

人间四月天
郁金香惊艳
世界趋大同
环球共心愿

人间四月天
美妙难尽言
愿岁恒不移
愿春永不迁

我是五月玫瑰红

我是五月玫瑰红
花中皇后世推崇
精油闪亮金失色
仙露滋润春复荣

我是五月玫瑰红
蜂儿爱恋蝶儿慕
山川因我风貌异
街市有我风情浓

我是五月玫瑰红
引领世界时尚风
一束香艳捧在手
火热情意不言中

夏荷

一入六月便绚然绽放
这是你的使命你的荣光
一日不见如隔三秋啊
我又怎能不心旌摇荡

我久久地久久地含情凝视
一片红霞浮现你脸庞
多想放胆采回珍藏啊
可那会造成永久的痛殇

世上万物各有所属
人欲不可无限膨胀
我会在七月为你喝彩
我将千年把你守望

七夕

一个动人的传说
在岁月长河里喧哗
它掀起多少波涛
激起多少浪花

今夜我在葡萄架下
聆听天人的情话
祝愿天下的情人
都有喜鹊桥架

那一夜

那一夜
不经意间
我拥抱了青春

那情景
似天造地酿
令人沉醉难醒

每次画面浮现
身心流淌愉悦
脸上绽放春英

我渴望
有一天
重温妙境

读你

读你
是一朵海棠的芳丽
读你
是一株玫瑰的心迹
读你
是一轮春晖的温馨
读你
是一弯夏月的静谧

读你
在相见的分分秒秒
读你
在相识的点点滴滴
读你
怀揣着未来的诗情画意
读你
伴随着眼下的沟坎坡堤

诗歌

跋过山、涉过水
人生难免苦甜酸辛
耕过春、耘过夏
金色的秋天总让人泪零
世上无数美丽风景
它们都是过眼烟云
只有你，像一块磁石
时刻吸引着我的心灵

致——

一

与君相识已经年
神韵仙姿常侵眠
可恨今日离歌起
从此情爱不连篇

二

虽然相逢即种缘
无奈身有家室牵
千丝万缕含心口
怕吐人间难成绢

你是我此生最真的梦境

一

如果站在百花丛中
你会轻易吸引我的眼睛
如果时空有你的信息
它不可能让我波澜不兴

二

我的人生不全荒凉
我也有过
春的绚烂
夏的热烈
秋的丰盈

三

你是世上最美的风景
你是我此生最真的梦境

爱是我的自由

爱，是我的自由
不爱，是你的权利
我们怎能狭隘心胸
对彼此心存怨意

没有乔木的身躯
难以挡风遮雨
没有鲜花的容颜
难令蜂醉蝶迷

爱，是我们的自由
不爱，是我们的权利
如果人人少一点私欲
世界更和谐美丽

电话不通

一切只是梦想
一切都很现实
一切还未开始
一切就已结束

山泉

我乃山中泉
营养且甘醇
仰慕山茶花
严冬自成春

思念日不绝
爱意时有盈
路途多阻碍
似近实难临

我敬柔蚯蚓
无骨穿地勤
我效软麻绳
无齿锯木倾

一旦渠沟通
仍未入君心
从此当蒸发
化作天上云

身体能自由
情殇可消泯
千形复万象
与星更亲近

算了吧，忘了吧

既然不能走进你的心灵那就算了吧
何必自作多情惹人笑话
未来的日子我会日夜为你祈祷
愿你的天空永远有美丽的锦霞

过去相处的点点滴滴还是忘了吧
何必泥足深陷难以自拔
去日苦多事业未竟时不我待
切莫到冬至仍只见旧砖烂瓦

天下没有不散的宴席

世上没有不谢的花朵
天下没有不散的宴席

严冬将至
黄叶遍地

你把我的电话拉黑
我发出的信息
如石沉海底

我未修炼成仙啊
怎能无怨，无恨
怎能不生气

我不再现身你的视界
也不会在你附近游弋

无人欣赏的表演应该止
无人添柴的火终会熄

自从有那奇妙的一瞬

自从有那奇妙的一瞬
你的美便俘获我的眼睛
冥冥中一个声音告诉我
你就是我今生注定的追寻

我用一长串日子将你阅读
你不仅花月其貌而且冰雪其心
我的心域彻底沦陷
白天黑夜都是你的魅影

我想弱水三千只取一瓢饮
我拟神木一株放弃整个林
我欲凡索万条一刀断
世外另辟桃源境

可是，当我拨打你初夏给的电话
深秋里只有嘟嘟的声音

情人（写于情人节）

我心中有一个情人
她像玫瑰艳丽芳馨
可是一道婚姻的围墙
阻断了我们亲近

我常常在墙边徘徊
将心中的爱恋歌吟
我渴望在这开放的节日
她也能红杏闹春

无题

一段爱不再缠绵
一腔情已散入云烟
不属你的何苦强求
贪欲往往是祸患的根源

一个小小池塘
也能拥日揽月、诗情画意
不必羡慕大海
浩瀚深邃、气象万千

心灵之歌

感恩天地
让我在夏季结果
感谢日月
让你在秋天增色

我们不是长江、黄河
主导着神州的脉络
虽有运河相连
却总是南北分隔

我们不是平行的轨道
肩负着各自的职责
虽然轨枕相牵
却永远不能重合

我们是银河对岸的两颗星星
一个织妹、一个牛哥
建一座幸福的金桥
是我们心灵之歌

既然（歌词）

既然生活中 没有生长的土壤
那就开放在 我们的心地
既然现实中 没有结果的环境
那就在网络里 创造奇迹

请亮出你的美丽 让我刻录心底
请诉说你的凄怆 让我伤心流涕
请展露你的才华 让我倾慕惊喜
请婉转你的歌声 让我沉醉痴迷

既然生活中 没有生长的土壤
那就开放在 我们的心地
既然现实中 没有结果的环境
那就在网络里 创造奇迹

我们要做一对 神仙伴侣
畅游古今 翱翔天地
我们要做一对 恩爱夫妻
与网络同在 与日月比翼

北方有一株花（歌词）

北方有一株花
苦寒地长大
枝筒干挺拔
叶绿花朵佳

北方那株花
大地上的奇葩
芬芳胜茉莉
绚丽如云霞

北方那株花
诗苑里的奇葩
有情有才华
率真又豪侠

她是一幅画
谁不欣赏她
她是一首诗
兰苑醉儒雅

北方有一株花
寂寞开山崖
情系江南烟雨
渴望温暖的家

北方有一株花
寂寞开山崖
情系江南烟雨
渴望温暖的家

只要你好（歌词）

生活里有爱情
还要有面包
尘世中有羽翼
还得有暖巢

牡丹姿桃花貌
就应该自豪
玲珑心天籁音
本值得称道

生活里有爱情
还要有面包
尘世中有羽翼
还得有暖巢

凤凰
应该在梧桐巢
佳丽
应该在华园俏

只要你好
这个世界就美好
只要你好
我的天空阳光照

只要你好
这个人间就美好
只要你好
我的夜空星闪耀

只要你好
我就放心了
放心了
……

海南岛上鲜花开（歌词）

海南岛上鲜花开
我慕鲜花远方来
一路憧憬一路歌
靓扮娇颜志不衰

海南岛上鲜花开
我采鲜花海角来
不惧风雨不怕刺
勇把佳丽拥胸怀

我是人间一情痴
我是世上一花怪
宁做殷勤护花使
不做花盲空自在

我是人间一情痴
我是世上一花怪
宁愿风流花下死
不愿相思老尘埃

花儿只要你敢开
敢开我便斗胆来
爱了你可别后悔
摘了你可莫悲哀

花儿只要你敢开
敢开我便放胆来
摘了你可别后悔
爱了你要一生乖

祝你幸福（歌词）

木芙嘉殊
青苹红熟
浮云飘散
星耀天幕

凤凰翔宇
终栖高梧
风雨过后
彩虹炫目

看君欢旅
友胸畅舒
观君亮侣
友心嫉妒

看君秀美
友胸凄苦
观君亲爱
友心羡慕

祝你幸福
真情勿污
祝你幸福
诗词莫负

祝你幸福
梁孟出俗
祝你幸福
花月永驻

我爱东湖（歌词）

我们武汉东湖
是一颗璀璨明珠
三十三平方公里的水域
八十平方公里的景区

港汊交错，岛渚星居
山体屏绵，林木葱郁

我们武汉东湖
是旅游休闲最佳去处
三十三平方公里浩瀚水域
八十平方公里瑰丽景区

春季山青水绿，鸟语花香
夏季水上泛舟，水下戏鱼

秋季红叶满山，丹桂飘香
冬季踏雪赏梅，风雅幽蓄

我爱东湖
我爱磨山景区丰富的人文景观
我爱东湖
我爱听涛景区天籁金曲
我爱东湖
我爱落雁景区雁落芦州，鹭栖翠屿
我爱东湖
我爱吹笛景区湖岸烧烤，山林猎趣

我爱东湖，我爱中华最璀璨的明珠

玉兰花开（歌词）

太阳回返
冬天 byebye
早春的玉兰
多么可爱

太阳北返
冬季不在
早春的玉兰
激荡心海

不惧风料峭
不乏梅气概
娇美似莲花
香飘千里外

玉兰花开
春天到来
我们的世界
再现精彩

玉兰花开
春天到来
焕发青春
阔步前迈

玉兰花开
春天到来
我们的生活
更加畅快

玉兰花开
春天到来
张开双翼
揽春入怀

你和我（诗体日记小说）

序

指望走上云际
从人们的睥睨
谁知脚下的路
却延伸至这里

一

你的清泉
冲淡了我的寂寞
你的蝶翼
扇动了我的春波

二

难道我的电脑
已经出了故障
为何心屏
总现你的形象

三

我日夜期待
登上你的灵台
不知你的心扉
何时才能打开

四

我的心张开双臂
要拥抱美丽的春季
通往你的路上
会留下我坚实的足迹

五

我干裂的心灵
期待你雨露滋润
我枯萎的神经
害怕你霜雪侵凌

六

你怎能渡过
那缀满星儿的河
寂寞像一条蛇
把我的心缠裹

七

如今我更饥渴
阅读你的心历
可是你的心帘
不愿为我卷起

八

今天我又祈祷
祈祷你走进我的生活
我的心再无法承受
一页一页的寂寞

九

我坚信
太阳向你走近
你会袒露
你的心襟

十

你是天国的神灵
还是尘世的妖精
我宇宙广阔的胸怀
竟被你一人占领

十一

你是我夜行的电筒
你是我上楼的电梯
你是我凉爽的电扇
你是我发光的电机

十二

你的一笑一颦
都牵动着我的神经
我不愿寒蝉
驮走你的热情

十三

天地不能相凌
日月不会相侵
你我相互碰撞
因为离得太近

十四

我钦佩你的机灵
我欣赏你的羽毛
但决不愿候鸟
在我心上筑巢

十五

疑妒的阴云
最爱淹没闪光的理性
我不该用利爪的语言
伤你的心

十六

你可以去问热风
你可以去问寒云
自从你游进心湖
湖水就再未平静

十七

你的周末
涂上了流行的颜色
我的星期日
唱着痛苦思念的歌

十八

刚才还是月朗风清
转瞬间密布浓云
难道你的心空
总这样变化不定

十九

我已经看清了
你是一片浮云
我脆弱的情丝
拴不住你的心

二十

你的脑海
飘着一个月亮
我的心天
悬着一轮太阳

二十一

你洁白的心房
已经被雪茄熏黄
我并不希望你的家园
为了我而开放

二十二

耶和华也会下凡
如来佛也会还俗
看到你频频地，频频地回眸
我的心池，没有褶皱

二十三

我的心张开羽翼
要飞到遥远异地
通往你的路上啊
再也看不到我的足迹

致缪斯

你曾化作北斗
当黑暗迷失我的扁舟
你曾化为旭日
当严寒凝固我的溪流

我用亿万根丝
编织成一幅幅锦绣
愿它们能飞上蓝天
装饰你的琼楼

后记

这是我的第二本诗集，也是出版社正式出版的我的第一本诗集。

大千世界，百花争妍、万紫千红、芬芳袭人，但我只采撷爱情玫瑰奉献给广大读者。

诗贵情真。我的诗都是我实感的抒写，真情的宣泄。它质朴无华，与那些涂脂抹粉，矫揉造作者相距甚远。

诗贵精练。我的诗继承唐诗传统，篇幅短小，语言简洁，讲究声韵。虽然浅露，但读起来上口，听起来入耳，记起来润心。

感谢文艺评论家欧阳忠先生热心作序，希望朋友们能喜欢这本小集子。

作者

1992年12月

百花集

花

你是春天美丽的眼睛
你是夏天陶醉的红唇
你是秋天香甜的希望
你是冬天坚毅的信心

报春花

你以硕美的绿叶
昭示生命安泰
你用缤纷的花朵
报告春天到来

迎春花

外貌纷繁细弱
性格柔韧坚强
凤凰岁末欲涅槃
号角迎春吹响

朵朵金光闪闪
丛丛队列煌煌
世间共度好时光
迎娶春姑天降

玉兰花

容颜娇美似莲胞
身休挺拔气质娆
二月虽寒香阵阵
一春烂漫且先描

油菜花

绿茎挺拔绿叶亲
花朵金黄香清新
蜜粉惹得蜂蝶醉
纯朴农妇能画春

连翘

貌似迎春实不同
叶枝体现傲娇风
保康美化显身手
固土炼油建异功

桃花

百卉华园尽断肠
风拂柳绿便梳妆
妖娆但为青春美
香甜总思大地昌
冷眼千双随道统
热情万丈付长江
世间何有惜花使
相助荣登雅致堂

李花

我很少在花园露面
如果你想看我
就到春天的果园
我是纯美的乡村少女
衣绿香清
枝上翩翩

梨花

几阵春风绣满枝
芳香馥郁动情思
不和桃李争俗媚
要与高洁做密知

杏花

本是山丘一艳芳
却为传统锁高墙
红琼白雪无人赞
露面即遭世中伤

樱花（歌词）

你的名字叫樱花
你源自喜马拉雅
历史典籍里可找到你芳踪
古代诗词里可品赏你秀雅
你的名字叫樱花
你来自喜马拉雅

如今世界各地
都能目睹你的芳华
樱花啊樱花
你早已在扶桑发达
你的名声远超寒梅
你的风姿胜过桃葩
樱花，美丽的樱花
无论你被怎样珍爱
无论你如何演化
别忘了你和神州血脉相连
你的根在中华
樱花，美丽的樱花
无论你被怎样尊宠
无论你如何变化
别忘了你与神州血脉相连
你的根在中华

兰花

山林幽谷生
带剑叶不平
清绝香优雅
当得君子名

蕙兰

狭带质坚叶不凡
兰科家属九华兰
蕙心一点实珍贵
闪耀京都与岭南

含笑花

春风中
你站立枝头
含笑半开
一股甜浓的香气
直扑入鼻
我兴奋上前
端详，亲昵
淡黄的脸色透着红晕
娇柔的面庞温润如璧
传统的中华美人啊
你的含蓄、矜持
令我意乱
使我情迷

风信子

风信子
三月开
色姿富丽人人爱
风信子
西洋来
地植水养宜盆栽
茎叶似水仙
芳名有神采
曾经风靡一时代
凌波雅仙子
嫉妒飞仙哉

瑞香

条柔叶厚朵繁香
枝干婆娑形象阳
岩隙道旁增意趣
厅堂庭院著吉祥

虞美人

虽是罂粟属
却与毒品别
纤颀托娇艳
千载长咨嗟

美人蕉

红得妖娆
黄得妩媚
一身绿装
实至名归

郁金香

魅妖片片舞翩跹
入畹头巾展眼前
毕竟美欧钟爱物
谨防毒害莫流连

海棠花

出身乔木气高华
白里透红红胜霞
王母一嗔天上降
人间便有贵妃花

杜鹃花

芳菲四季有西东
山地灌乔春暮荣
西子倾国非至爱
中华歌唱映山红

蒲公英

我身份低贱
相貌平凡
但我浑身充满了正能量

种子成熟时
我依赖白色的绒球
借助风
伞播四方

琼花

冬春装谢绽芳华
曾经罹难隐天涯
珠蕊八仙亲卫护
不怕狂蜂乱摧花

紫荆

庭院裸枝树
冬秃好剪裁
盛春蝶聚千万只
我家真可爱
年年发新枝
枝干同炫彩
家国和美百事兴
幸福千万代

扶桑花

枝条柔长
叶子如桑
花似艳阳
四季绽放

牡丹花

硕美世无比
异香来天上
自从洛阳贵
如今仍是王

芍药

本是天庭芍药仙
为托国色下凡间
花王喜把盛春绘
丞相终将余彩渲

丁香花

幽怨从何来
春风送暖开
形象碟幅斗
着色紫黄白
淡雅和谐调
丰盈明秀排
雨中何郁结
清丽出尘埃
君若植庭园
芳美当怡怀

三色堇

卵圆披针装不奢
花猫蝴蝶貌奇特
当贺爱神箭不准
西洋本来好多色

棣棠花

满树金花叶翠柔
止咳消化展风流
墙隅水岸织华带
草地山坡绣雅优

月季花

姐妹貌若命不同
一个特殊一普通
玫瑰年年初夏火
月季月月艳芳从
莫怨西洋无慧眼
只怪国有崇洋风
月季纵有天后质
可叹无名显东宫

金雀花

金雀聚绿枝
喜把春天吟
石榴裙儿舞
再献片片金

锦带花

花开花落本由天
春去夏来锦带连
莫道南国多秀丽
北方亦有百花仙

蝴蝶兰

花似蝶儿飞
蝶如花艳美
明媚春光中
诗人已沉醉

令箭荷花

令箭荷花夏季开
森严艳丽控灵台
轻薄浪子当缩手
奇卉仙人掌里来

金银花

初开银白后金黄
鸳鸯相伴藤蔓长
良药可解人疾苦
妙茶能保君健康

紫罗兰

爱神眼泪化奇葩
过海漂洋展异华
保健养颜声誉好
芳香岁岁绕吾家

金盏花

你年年绽放春夏
蕴含着神圣的语华
一盏盏阳光斟满
润泽万户千家

九里香

枝美叶光鲜
香魂万里绵
莫非仙桂籽
飘洒岭南边

金鱼草

离开水域
聚为一芳

于是
农场添了一个帮手
花园增了一位娇娘

大岩桐

娇小玲珑衣翠瑜
嫣红姹紫赛芙蕖
巨岩名立惊尘世
却赖盆钵扮美居

矮牵牛

你虽有牵牛花的身影
然朵更繁，色更丰
也少了攀缘的本领
更适合花坛、花境

你很矮
矮到匍地而生
但你的喇叭
从春至秋
吹得世界闻名

倒挂金钟

你点亮灯笼
是不是怕世人
难辨西东

你倒挂金钟
是不是想让我
更加轻松地
走进葱茏

鸢尾花

因地能制宜
适患可行医
碧剑森严卫
鸢尾舞虹霓

石榴花

错过了春天的盛会
五月
我穿上艳丽的裙装
蜜蜂，来吧
蝴蝶，来吧
看
玫瑰已经
把夏季点燃

美女樱

春离不必忧
四季有芳酬
美女撑洋伞
陪君夏日游

栀子花

衣衫常绿体雍容
颜面洁白香味浓
广植池边庭院里
花开时节起热风

蔷薇

不像玫瑰
幸运、时尚
不如月季
天赋异禀，四季绽放

依赖家人
把生活描绘得多姿多彩
依靠团队
将事业抒写得活色生香

四季海棠

茎枝柔嫩叶春堆
簇簇秀葩蕴日晖
虽逊海棠仙子貌
却能四季展芳菲

茉莉花

天宫降素珍
尘世聚香魂
一首茉莉曲
醉了几代人

玫瑰花

我是五月玫瑰红
花中皇后世推崇
精油闪亮金失色
仙露滋润春复荣

我是五月玫瑰红
蜂儿爱恋蝶儿慕
山川因我风貌异
街市有我风情浓

我是五月玫瑰红
引领世界时尚风
一束香艳捧在手
火热情意不言中

大丽花

牡丹华主胜时临
芍药相协殿晚春
大丽嘉宾来海外
陶然夏目乱秋心

凌霄花

红艳艳
金煌煌
一路喇叭喧闹

善攀缘
凌云霄
谁说不该炫耀

天竺葵

祖籍本南非
误作天竺葵
气和叶翠绿
光足花丽瑰
精油润香艳
良药疗病危
庭院洋蝶舞
幸福长伴随

荷花玉兰

翠盖田田映绿塘
赏荷要待夏天长
骚人欲解相思苦
广玉兰花五月妆

睡莲

你总是躺在水面
你是人鱼孕育的仙
每年从夏至秋
我都对你爱意绵绵

有时我也希望
希望你变成亭亭玉立的莲
在夏日的热情里
我们一起翩跹

米兰花

肢繁衣亮绿
四季生金粟
一美立庭中
满屋香馥郁

鸡蛋花

何方神圣使仙法
一夜绽开鸡蛋花
慧眼佛门识庙树
馋舌世士辨医茶
祖居美腹天涯所
后徙亚臀海角家
枝干异奇成妙景
冬来不惧谢妆华

曼陀罗花

外表华丽内含毒
河岸山坡累面谋
只做风光等闲看
心灵不碍体无忧

八仙花

初开白色渐蓝红
形似绣球情意隆
帐挂瓶插增雅趣
公园庭院显神通

文殊兰

大名名兰非兰科
热亚气候孕芳泽
夏日撑开雅丽伞
年年奇香萦佛阁

雪莲花

冰肌玉骨不凡胎
只在高山雪域开
洁圣羡杀尘众卉
消疾延寿观音来

夹竹桃

竹子叶，桃树花
百千玉臂舞云霞
勇做环保美卫士
哪里需要哪安家

建兰

四时带叶青
雅韵溢花葶
山谷疏林下
与君论友情

凤尾兰

碧剑叶一丛
精华日月融
夏秋茎挺立
凤尾百铃荣

山丹丹花

昔日荒原播火种
热情绽放太阳红
如今绿地丹花艳
芳美家国已现容

波斯菊

你身材高挑
颜色富丽
人们称你八瓣梅
可我始终无法
将你与娇小的梅花联系
你学名波斯菊
但你来自洋外的墨西哥
我不知其中到底有何玄机
你能自播繁衍
能耐干旱贫瘠
山地、田野、溪岸、路旁
到处都能看见你的踪迹
你花开夏秋
观赏药用两宜
却畏酷热，忌水涝
更怕暴风、严霜打击
你多像咱老百姓啊
年复一年
生生不息

木槿花

微香，硕艳
清脆，爽口
养颜，护体

像太阳
朝开暮落
像四季
生生不息

紫薇

风拧雨浸干枝弯
白粉红紫秀锦团
花叶根皮皆入药
更兼环保景奇观

朱顶红

我是红艳孤挺花
故乡远在天之涯
如今走遍全世界
为人家园增光华

我是柔弱孤挺花
鳞茎抽出叶和葩
爱暖好肥喜湿润
畏烤惧涝怕霜打

我是坚毅孤挺花
喇叭吹响千万家
继承吸收创新作
星光熠熠耀华夏

莲花

面儿娇
身儿条
打着绿色的伞
不跟春天花园闹
夏天陪牛郎

合欢花

昼开夜合绿羽裳
红粉绒颜夏艳香
私院公园行道种
家庭欢乐国美康

牵牛花

虽然没有脚
但仍不畏艰难地
攀缘伸展
并把奋斗的号角
一朵朵吹响

飞燕草

源本自南欧
而今现九州
天公诗兴发
美愿画中流

夜来香

枝条柔软叶鲜苍
花朵钟形色绿黄
干燥白天敛魅气
潮湿夜晚释迷香

昙花

午夜佳人月里来
幽香清丽不粘埃
芳华刹那虽遗恨
拥有曾经老慰怀

萱草

红紫淡黄葩
厨房总有它
观尝忧可忘
诚是母亲花

蜀葵

夏至玫瑰情意浓
石榴裙舞海洋风
人园怒放三色堇
我院绽开一丈红

江西腊

葵花模样本菊丛
五彩缤纷朵秀丰
切售植观实两益
长和秋夏共衰荣

紫茉莉

斑斓五彩喇叭响
侵占神州气焰狂
终究怕见阳光物
怎比香魂好女郎

天人菊

我来自北美
如今中国的中、南
到处都可看见我的模样

我夏秋开花，坐果
我的花朵圆圆的
先端金黄
基里红紫
像一个个燃烧着的太阳
金秋时节
我的种子随风飘荡
落地生长

我生性强韧
能耐盐碱

能耐干旱炎热
能抵抗气潮风狂
如果将我植于戈壁
我会把流沙踩在脚下
让荒野活色生香

凤仙花

好花宜欣赏
荣枯任从容
莫将金凤血
染就指甲红

玉簪花

最是热情七月华
天仙簪落化奇葩
彩蝶不谢风儿信
争把芳洁发上插

鸡冠花

身躯笔挺不肢繁
红绿衣衫任性穿
为使世间多趣味
夏秋热闹戴鸡冠

百合花

薰薰的娇容
亭亭的玉体
甜甜的芳名
娟娟的翠衣

食谱上
它是佳肴一道
药典里
它是良药一剂
鲜切花市场
它寄托着人们的鸳情鸯意

植之于室
温馨洋溢
持之予人
美妙无比

马蹄莲

花似马蹄扬
叶如美芋装
荷风天外起
吹遍四方香

朝阳花

盎然
向上
一心朝阳

夏秋时节
挺拔的躯干
托起一轮太阳

绿萝

心叶青青翠蔓长
一盆庭置雅风扬
四时染绿恩无尽
不糗花开岁岁香

桔梗

僧帽戴茎梢
铃铛气动摇
虎伏东亚境
梗草不风骚

千日红

世上奇花果不同
火球长夏焰葱茏
在干即能红百日
别枝更见日千红

龙胆花

不愿染俗凡
长居僻远山
根如龙胆苦
花比海天蓝

万年青

百花园里有奇英
叶子光鲜花朵灵
释氧吸毒能室养
秋冬果艳万年青

芙蓉花

纤枝袅袅舞秋风
宜拒寒霜韵味浓
沐日娇颜三弄色
早呈白粉午深红

菊花

我在荷花沉寂时来
我在万木萧索时来
我色彩丰富，千姿百态
我天赋异禀，除病消灾
我是公共场所的景观
我是庭院的靓摆
我是鲜切花的奇珍
我是花展的主宰
我是兰竹梅的朋友
我是陶翁的至爱
虽然我出生草本
但我有不凡的风韵
高尚的情怀

桂花

曾经仙友月宫逢
金簇丹霞雪粟重
君至萧秋无索味
千年不负墨香浓

一品红

枝茎繁茂叶绿红
喜暖喜湿喜阳彤
花开深冬隐叶丛

圣诞红
一品红
漂洋过海来亚东
从此梅翁不孤寂
元旦春节喜庆隆

仙客来

兔耳僧帽样
绿色灰斑装
雪地梅骄子
室内君钵王

君子兰

带青剑碧折扇新
火赤光金斗漏殷
除秽消灾成果艳
洒脱俊雅众生钦

天堂鸟花

似鹤抬头望
如蕉亮翠苍
自得英后宠
环宇渐芬芳

山茶花

不逊菡萏蔷薇色
不乏牡丹芙蓉姿
树冠优美叶常碧
凌霜傲雪咏春诗

水仙花

绿裙
青带
凌波照水
不染尘埃

你来
寒魔渐衰
你在
温馨愉怀

瓜叶菊

大西洋岛育奇葩
茎干青葱叶似瓜
五彩缤纷花伞聚
冬春美化大中华

梅花

树病草轻燃
云蹙寒风啸
灵长失灵鸟兽呆
独有奇葩傲

片片芬芳幽
点点黄红小
若是千娇百媚时
谁会青睛眺

结香

枝条韧性强
冬末饰金妆
同向月结打
爱情如愿香

附二十四节气诗

渔歌子·立春

日驾龙车始背南
海风勇敢斗严寒
微雨浸，扰蛰鼾
新年耕种腹中燃

渔歌子·雨水

油菜抽薹麦返新
玉兰花绽见青春
寒不定，雨逐频
出阁女子探双亲

渔歌子·惊蛰

煦日投金镀紫黄
和风轻抚柳丝长
霹雳响，冷蛰慌
神州大地起耕忙

渔歌子·春分

赤道羲和岁两航
北南球体等分阳
千燕舞，百花香
神州春半好风光

渔歌子·清明

碧绿连天展画屏
杜鹃花放又清明
宜植树，好踏青
应该扫墓祭先灵

渔歌子·谷雨

众卉纷飞杜宇啼
春光一季日薄西
霜已匿，雨频袭
播栽种管莫失宜

渔歌子·立夏

南地泼皮北域姝
江淮佳丽已稀疏
增电雨，响蝼蛄
消虫防病勿虚无

渔歌子·小满

入夏秧插麦灌浆
北南温度略相当
吃苦菜，忆饥荒
天蚕锦绣美苏杭

渔歌子 · 芒种

暑气升腾入北荒
奔雷翻滚震城乡
丰雨量，现螳螂
神州大地种收忙

渔歌子 · 夏至

榴摆红裙馥且妍
回归阳至夏阴迁
蝉始唱，暴雷喧
梅黄楚地雨绵绵

渔歌子·小暑

北地时逢雨水重
南国西涝旱干东
蟋蟀叫，暴雷凶
农田管理不轻松

渔歌子·大暑

禾到中伏粒粒黄
地蒸天煮体难当
蚊害痒，藕汤香
空调扇子昼宵忙

渔歌子·立秋

伏虎怎容酷暑休
梧桐一叶报金收
凉气至，露相酬
寒蝉树上展歌喉

渔歌子·处暑

处暑黄河北入秋
中南秋虎不甘休
雷暴瘦，热逐收
割禾抢晒画一轴

渔歌子·白露

热退寒攻送爽凉
衰荷珠滚桂飘香
蚊北隐，雁南翔
维温灌水果蔬忙

渔歌子·秋分

昼夜均长季半端
桂香菊美气凉甘
雷始断，正秋三
丰收节庆仲秋欢

渔歌子·寒露

昼气温和夜露寒
寒蝉声噤藕荷残
霜主北，雁宾南
登高种麦赏菊玩

渔歌子·霜降

草木黄零露变霜
暮秋时节气寒凉
蛰物俯，库粮藏
红枫艳艳柿甜香

渔歌子 · 立冬

几度寒流几聚阴
乾坤逐日现悲心
田地冻，雪霜侵
南国却有小阳春

渔歌子 · 小雪

肆虐狂潮冷气嚣
黄河流域雪花飘
阴阳背，万物凋
荷失雨伞哪花姣

渔歌子·大雪

北域河流雪盛封
南疆难见六出踪
出荔挺，动梅翁
留心冻雨看花凇

渔歌子·冬至

西北风狂死气沉
南归日至一阳跟
蚯蚓蹙，水泉伸
寒增九进腊梅芬

渔歌子·小寒

滴水成冰冻北疆
防寒兴利益南方
巢喜鹊，雉开吭
千村万树李花妆

渔歌子·大寒

潮害频繁万象哀
雪天冰地路途塞
鸡抱崽，腊八嗨
梅花茶卉竞相开

后记

我自幼就喜爱花。1993年初，当我的诗集《我是五月玫瑰红》刚刚由长江文艺出版社出版后，我就有了创作《百花集》的想法，由于当时工作条件和生活条件的限制，我只能将这种美好的愿望束之高阁。

2014年9月，也就是我进入百度贴吧第五个年头，我觉得创作《百花集》的内外条件都已成熟，于是我便把束之高阁二十多年的美好愿望付诸实践。

首先我借助网络将各种花卉按春、夏、秋、冬四季进行排序，然后利用网络对各种花的资料进行反复阅读，精心构思。经过半年多紧张而又愉快的创作，终于在2015年五一节前完成《百花集》。

此诗集就思想性而言，无疑是积极向上的，是健康有益的；就艺术性而言，其形式是多种多样的：有古典的，有现代的；有格律的，有自由的；有旧词谱的，也有新曲调的，是一部多种形式的大杂烩。

此诗集绝大多数诗作是我比较满意的，但也有少数只有打油诗的水平，与我期望的精品集还有很大一段距离。我之所以要将之出版，一方面，我想作为我的创作成果保存下来；另一方面，我想让有缘此集的专家和读者朋友提出更多宝贵意见，以便再版时修改完美。

作者

2016年7月24日

百果集

【七绝】

梨子

曾经秀雅敢争春，眼下成熟更动人。
脆肉丰汁常入口，润喉清肺不输神。

【七绝】

香蕉

入口香甜松软滑，黄皮密裹月新芽。
往昔生产东南亚，热带如今处处家。

【七绝】

苹果

王果本非俗世胎，只缘生众下瑶台。
每天一个医失业，“活水”暗催春意来。

【七绝】

葡萄

胸有一腔济世情，身无半点洒脱形。
若得良架相支助，当奉珍珠饷众生。

【七绝】

芒果

形肾核坚肉腻黄，防癌降血润皮囊。
甜香哪逊平安果，不愧人称热带王。

【七绝】

蟠桃

盛春艳丽夏秋甜，黄里泛红形扁圆。
原产新疆神话现，中华祝寿数千年。

【七绝】

橘子

秋风吹送喜频频，山地平原处处金。
唯有此亲能耐久，酸甜直到雪纷纷。

【七绝】

橙子

球形梨状赤黄颜，巧手难分皮肉全。
一咬香汁流满口，保您快乐似神仙。

【七绝】

柚子

比拟葫芦形象尊，柑橘一属柚真神。
能排酒害助消化，能让香甜永驻心。

【七绝】

柠檬

模样卵形或椭圆，皮黄肉脆有柑缘。
肝虚孕妇因酸爱，调味市场香满天。

【七绝】

榴莲

臃肿个头色绿黄，刺鼻臭味刺纷张。
撬开炸缝黄金现，营养奇丰味美香。

【七绝】

荔枝

一骑红尘妃笑名，日吃三百轼豪情。
鳞斑绚烂凝脂热，放纵难持身体清。

【七绝】

桃子

皮附茸毛肉艳鲜，中华一果誉千年。
凡间祝寿何曾少，王母藉之宴上仙。

【七绝】

西瓜

形似圆球色彩华，相传西域号西瓜。
剖开玉面云霞现，满口流酥爽到家。

【七绝】

龙眼

桂子飘香圆果熟，千枝万簇庆丰收。
若得圣物常相助，一世当能少患忧。

【七绝】

猕猴桃

猴子表皮玉肉身，中华自古有奇珍。
味仙天地精华萃，质圣榴莲亦称臣。

【七绝】

菠萝

身如雷弹裹金甲，甜蜜为媒玉主家。
酒宴拼盘增味道，日常鲜啖保芳华。

【七绝】

椰子

脑袋乌龙裹发华，凝脂玉液自仙家。
渴时洞吮情无限，饥至削食爱有涯。

【七绝】

蓝莓

形态秀圆颜色蓝，香清肉细味甘酸。
异能仙质谁堪比，当戴果中皇后冠。

【七绝】

哈密瓜

西域吐哈产蜜瓜，曾为贡品世人夸。
如今社会文明显，王者惠及百姓家。

【七绝】

樱桃

春至伞房秀素云，夏来玛瑙炫晴屏。
樱桃好似美人口，但愿此生常可亲。

【七绝】

火龙果

沙漠谁说即死亡，炎荒也有好风光。
量天绿柱夜花放，孕育红龙惠四方。

【七绝】

草莓

历来门第不当矜，窦后出生本庶民。
莫羡高枝多硕美，矮低草上有红心。

【七绝】

李子

春日秀洁夏不凡，玲珑圆润味偏酸。
世间多有垂青者，生性难容馋嘴贪。

【七绝】

杏子

果黄自古咏纷纭，花艳无端定性淫。
鲜肉诡能一季冷，良仁愿可四时馨。

【七绝】

香瓜

球状椭圆皮腻滑，纹斑沟纵似镌花。
白黄绿肉香甘脆，爽口娱心体健佳。

【七绝】

桑葚

一轴史册已留痕，尘世沧桑似转轮。
昔日乡村山野物，如今商店柜奇珍。

【七绝】

番木瓜

出身中美入南华，木化草根实若瓜。
风味甜香营养好，常吃益寿不虚夸。

【七绝】

洋桃

五棱南域冠洋名，淡绿鲜黄似玉晶。
吾愿年年常品味，只缘果里有国星。

【七绝】

红毛丹

虽然也举荔枝旗，何只有别外在衣。
一旦奇装脱下后，口中风味见高低。

【七绝】

黑莓

莫道蓝莓色艳浓，黑莓自有内奇功。
刺藤挂满黑金钻，何惧商场难现容。

【七绝】

石榴

裙红五月露滋鲜，果蜜中秋月满圆。
昌盛繁荣国运好，月圆花好幸福连。

【七绝】

圣女果

娇小玲珑最爱红，一身蔬果担双重。
助人一个健康体，增世万千美丽容。

【七绝】

覆盆子

地母精华凝聚身，天公灵气化成魂。
世间亏肾尿频者，快快将其迎进门。

【七绝】

莲子

君子一说世景矜，粥汤二美众欣亲。
名实但愿能延续，不枉年年良苦芯。

【七绝】

菠萝蜜

世间百果数谁牛，大树菠萝骇眼眸。
牛肚剖开金累累，花香彼岸不舟愁。

【七绝】

山竹

竹枝顶上挂圆球，果蒂青青萼片留。
掰裂红皮白瓣现，甜津满口爽心头。

【七绝】

柿子

风热艳香霜浸熟，红黄圆扁异稀疏。
每天一个蜜羹啖，不做神仙也自足。

【七绝】

橄榄

北国始唱雪花词，南域曳摇橄榄枝。
只要年年忠果在，人间何患味甘失。

【七绝】

枇杷果

长圆球状色红黄，肉腻汁丰味美香。
清热止咳身手显，曾为贡品久名扬。

【七绝】

山楂

圆面深红点淡斑，肉薄核硬味甜酸。
葫芦串串沿街卖，风景如今梦里翻。

【七绝】

梅子

貌似团圆未月全，青实往往缔酸缘。
王冠佩戴岂凡品，不敢鲜食怕厌嫌。

【七绝】

杨梅

圣果麻麻具乳头，甜酸汁沛玉颜羞。
达成四域众心愿，圆满一方民富求。

【七绝】

西梅

形比杏梅更紫长，肉如琥珀润肠康。
西天又降一仙果，李戴梅冠散异香。

【七绝】

枣

神州亦有果中王，长卵矩圆颜色祥。
甜育天朝千百载，芳泽人类万年长。

【七绝】

海棠果

秀珍苹样色红黄，肉味酸甜皮亮光。
热带仙姑秋奉献，人间何处不留香。

【七绝】

沙果

小小个头苹果身，中华自古叫林檎。
虽乏“活水”上仙质，野趣横生诚可亲。

【七绝】

海枣

大枣身形腹纵沟，棕榈叶腋喜出头。
粮食糖果亦金子，圣树文明非亚欧。

【七绝】

无花果

生来谦逊不张扬，总把姣花托里囊。
只要入得君法眼，自当无畏献珍藏。

【七绝】

罗汉果

罗汉腹中宝贝藏，永福龙胜炫佛光。
化去人间疾患苦，带来世界绿甜长。

【七绝】

白果

银杏人称活化石，春秋展现绿黄诗。
果实虽是药食宝，粉性有毒当慎吃。

【七绝】

开心果

无名小子夏登台，黄绿粉红笑口开。
养眼护心还益寿，人间岁岁乐开怀。

【七绝】

板栗

铁杆庄稼苞刺藏，褐黄皮壳肉甜香。
补脾养胃抗衰老，世赠亮称干果王。

【七绝】

核桃

褪去青装现本颜，核壳奇特似铜坚。
钳开便获健康宝，雕刻更结富贵缘。

【七绝】

红薯

熟粉生甜蕴玉金，红苕本是外来亲。
荒年可解半饥饿，丰岁能增一绿春。

【七绝】

凉薯

球扁纺锤地里生，汁丰脆嫩味甘纯。
自从热美舶来后，岁岁缠绵不忍分。

【七绝】

甘蔗

貌似竹君实不空，千蔬百果最甜浓。
蔗糖昔制创佳业，今炼乙醇立异功。

【七绝】

花生

夏日花开即现金，隐形泥土掩真心。
秋来练就荚实满，自有扒根抬爱人。

【七绝】

水果黄瓜

小娇本是外国娃，巧趁改开嫁圣华。
颜面绿滑滋味美，生食凉拌孝爹妈。

【七绝】

荸荠

不喜地干亲水田，身躯纤细挺腰坚。
虽无美卉与灵果，却孕珍珠泥土间。

【七绝】

癞葡萄

外形相若且同源，一个苦哈一个甜。
苦癞绿白能做菜，红娘红艳有谁嫌。

【七绝】

星苹果

秋来一树百花芳，圆叶背黄面绿光。
春日曾经华盖下，剖开苹果展星芒。

【七绝】

野地瓜

似网藤茎与地亲，互生单叶绿茵茵。
夏秋总把甜香奉，我是乡间山野民。

【七绝】

含羞果

年年恩赐小灯笼，感谢上苍造化功。
珠宝金黄蝉翼裹，姑娘羞涩待闺中。

【七绝】

羊奶子

年年岁岁暖风频，魅力江南处处馨。
一树紫红羊奶子，馋杀多少往来人。

【七绝】

黄金果

倒梨浆果色金黄，凸起乳头五指张。
此物常和花做伴，舶来无意嘴甜香。

【七绝】

水蜜桃

黄桃金贵寿桃饶，水蜜云霞现魅妖。
入口顿觉人已醉，飘飘直上九重霄。

【七绝】

牛油果

入住华南本势微，秋风相助夏风吹。
纵然它是健康宝，难免脑盈肠子肥。

【七绝】

黄桃

诚惊表里俱黄金，贵气满盈王者临。
有幸夏秋鲜美品，罐投人世四时馨。

【七绝】

菊薯

貌似番茄莫混淆，追根同是外来茬。
盗得雅号雪莲果，好在商场乱喝吆。

【七绝】

番荔枝

外表青黄内蜜白，心皮疏聚易分开。
平生素有岐黄志，虫灭疮消看我来。

【七绝】

黄龙果

半生已过渐悠闲，诗笔幸结百果缘。
稀世黄龙今一品，仿佛初恋入心间。

【七绝】

龙葵

村旁野地路边生，入药全身果秀灵。
虽是寻常一草本，却拥惊世骇俗名。

【七绝】

野香蕉

外形不雅内怀才，每至秋熟便炸开。
曾贡宫廷称紫宝，葡萄生产幸福来。

【七绝】

菠萝莓

味似菠萝貌草莓，香风抚体意难归。
奶白皮肉红斑艳，岁岁园中醉几回。

【七绝】

神秘果

本是西非一果仙，偶因国事巧结缘。
华南引种成国宝，入口苦酸变蜜甜。

【七绝】

碧根果

形如香榧外壳薄，肉若核桃品更高。
原是美洲山野物，年年春节不愁销。

【七绝】

桃金娘

热亚灌丛草地生，紫黑浸染袖珍瓶。
鲜实六粒止肠泻，美酒三杯血气腾。

【七绝】

人参果

颜色金黄间紫纹，玲珑娇俏似人心。
亦蔬亦果质仙美，常啖定能长葆春。

【七绝】

人心果

热美舶来乔果神，褐黄皮肉味甘纯。
美称凤柿八分妙，名号人心十丈晕。

【七绝】

莲雾

一年数次果熟期，红绿椒姿万众奇。
香蜜丝丝滋脏腑，保康营养赛桃梨。

【七绝】

腰果

性喜炎阳冷易伤，果分真假莫眸盲。
梨托只可甜心口，肾果才能保健康。

【七绝】

蛋黄果

南疆喜见一奇香，形似仙桃色蛋黄。
树美果优前景好，既能福口又乘凉。

【七绝】

百香果

形态卵圆肉溢黄，一身荟萃百实香。
俗人喜爱摇钱树，我把汁王做恋郎。

【七绝】

面包果

球状皮瘤肉乳白，奇植热土展胸怀。

才由解救饥荒显，名自面包风味来。

【七绝】

猴面包果

猴树体奇枝亦奇，叶当蔬菜果猴迷。

葫芦巨大贮仙美，水果超级荒漠移。

【七绝】

香榧

头岁开花翌岁熟，一株三代世奇殊。

益身惠口香妃子，相伴有亲我富足。

【七绝】

嘉宝果

枝干光滑入目殊，生熟花果共台出。
一年数次精心演，收获珍珠香满屋。

【七绝】

仙人果

倒卵球形裹刺毡，仙人掌上现骄蛮。
世间加冕人参果，天上流传不老丹。

【七绝】

蛇皮果

卵球身体裹蛇皮，热带雨林妖第一。
口味酸甜营养好，增强记忆显神奇。

【七绝】

木奶果

青春时尚展芳容，夏果青黄秋转红。
不愿高高枝上挂，与民亲近乐融融。

【七绝】

黄皮果

金色表皮玉肉身，南国岁岁喜盈门。
饱食黄弹饥食荔，果宝恩泽代代人。

【七绝】

风流果

大山十万隐珍馐，鞋破觅得阳具头。
生啖熟食喝泡酒，鸳鸯合乐尽风流。

【七绝】

佛手

碧叶浑如翡翠裁，金实好似手合开。
堂前院后两三伴，养眼益身香漫斋。

【七绝】

蛋树果

貌如鸡蛋色金银，根在中华欧美亲。
花果四时香不断，赏心悦目耀门庭。

【七绝】

番石榴

色形庭径费疑猜，石榴华冠何处来。
石女子多福气旺，番姑风味任心裁。

【七绝】

红肉苹果

形似番茄内外红，养优产旺味香浓。
一生最怕无霞染，美艳人间愿落空。

【七绝】

杈杷果

春盛开花春末熟，满枝红玉赛仙姝。
晶莹透亮八叉艳，一世相思怎解除。

【七绝】

白玉樱桃

一树晶莹白玉珠，世人谁不叹奇殊。
若非上帝偏心眼，哪可樱桃芽变出。

【七绝】

指橙

何方妖怪哪方神，万手千肢亮指橙
脱掉橙装鱼籽现，既迷俗众更尼僧

【七绝】

余甘果

百果经年百果盘，凝眸屈指剩余甘
晚秋正是熟甜日，摘下结集付版传

百蔬集

【七绝】

白菜

名有圆白大小称，形依高矮散包分。
种植普遍身廉价，四季清白为世人。

【七绝】

小白菜

嫩叶卵圆翡翠裁，薹茎拔挺卉金开。
个头矮小立身正，爽口愉心康健来。

【七绝】

大白菜

立身华夏数千载，玉叶重重筑伟怀。
岁岁勇同霜雪斗，为民消难解荒灾。

【七绝】

包菜

地中海域一蔬仙，久与中华结善缘。

球扁锥圆白绿紫，既宜躯体又宜颜。

【七绝】

抱子甘蓝

鲜嫩球芽抱满怀，蔬园又现好食材。

改开华夏多得益，千手观音送子来。

【七绝】

羽衣甘蓝

羽衣艳丽一甘蓝，华夏美名叶牡丹。

观赏疏食皆圣品，冬天有你不贫寒。

【七绝】

娃娃菜

海外舶来白菜娃，帮薄叶艳养优佳。

娇羞鲜嫩自甜美，不用诗人妙笔夸。

【七绝】

油麦菜

莴苣家属秀菊科，异域奇珍有幸得。

春夏秋栽冬保种，四季餐桌凤尾歌。

【七绝】

生菜

叶面皱缩如玉雕，株分散状与球包。

家餐店宴现身影，常啖保康益体条。

【七绝】

菠菜

根红叶绿隐空身，柔嫩多汁味美纯。
一自扎根华夏土，千年福惠九州人。

【七绝】

韭菜

茎似圆锥叶扁长，抽成薹秆见花香。
药食两益诚佳品，一种百割富我乡。

【七绝】

空心菜

秀竹衣绿体心空，水陆双栖世罕逢。
餐宴碟盘鲜美展，伤疗毒去笑谈中。

【七绝】

花菜

世间花本供人观，此卉生来不一般。
颜色青白身硕美，一心奉献菜蔬篮。

【七绝】

莴笋

喜欢云雨耐寒凉，肉质嫩茎粗又长。
入口清甜微带苦，炒食凉拌俱宜康。

【七绝】

豆芽菜

热催暖泡绽新芽，温适淋浇闪月华。
如意丛丛如某意，保康爽口确优佳。

【七绝】

芦笋

田地春来勃箭茎，避阳白嫩见阳青。
适时割取做蔬啖，既益皮囊更养情。

【七绝】

芹菜

性喜凉湿半耐寒，西香水旱伞科班。
君别睥睨薄芹献，调味生活诚美甘。

【七绝】

荠菜

既喜凉湿亦耐寒，山坡野地把身安。
丰年便扮味调角，荒岁药食一力担。

【七绝】

香菜

伞目伞科形似芹，茎纤叶小味芳馨。
自从西域来中土，佐料面食常见亲。

【七绝】

茭白

曾做粮食育我华，哪知菌入变蒿芭。
仿锤形体肉白嫩，失马塞翁福报佳。

【七绝】

香葱

茎部洁白叶色葱，中华文字展欣荣。
个头虽小心通透，调味人生胜网红。

【七绝】

大葱

茎体挺拔朵秀云，棍身白嫩叶空心。
作风泼辣生熟益，实是蔬中伟岸君。

【七绝】

洋葱

外形扁状或球圆，西亚原居蔬菜仙。
一自张骞西域使，辛香中土数千年。

【七绝】

大蒜

一使西出福报连，携来蔬菜异奇仙。
弟兄亲密成鳞体，调味生活谱美篇。

【七绝】

生姜

性喜温湿怕冷霜，根茎肥厚色灰黄。
姜军哪是寻常物，鲜美辛融岁月香。

【七绝】

蒜薹

抽薹胡蒜太骄狂，敢向苍天亮剑芒。
我辈折之和肉烩，喜将身体付安康。

【七绝】

木耳

腐木居然耳子依，大千世界好神奇。
素荤皆适味鲜美，不比仙菇逊半厘。

【七绝】

银耳

金菊衰败绣球开，腐木蔗渣孕玉来。
煎煮伴糖增味道，人生莫负好情怀。

【七绝】

蘑菇

森林草地孕菌珍，伞状子实颜色纷。
小样请君别小看，常吃福口更福身。

【七绝】

竹笋

麻绿丛中才露尖，早毛散种土中杈。
可怜未遂平生愿，却做人们桌上鲜。

【七绝】

四季豆

圆扁嫩荚绿紫长，中华罕见四时香。
生活化解夹生半，福寿绵延朝气扬。

【七绝】

大豆

毛扁荚衣卵粒藏，初成青翠老熟黄。
年年总有蔬珍惠，诗酒人生韵味长。

【七绝】

蚕豆

花似蝴蝶荚若蚕，皮衣青翠瓣实娟。
杂粮小菜饭三碗，补品闲食酒一坛。

【七绝】

豌豆

茎叶鲜蔬品质优，嫩荚更是菜珍馐。
青黄籽粒皆圆满，食药益人花样牛。

【七绝】

豆角

似带如绳挂碧间，田园四季展新颜。
青白红紫富魔力，缠绕世人千百年。

【七绝】

刀豆

青绿蔓藤挂碧刀，却无杀气迫人逃。
除筋断体入锅后，香味诱人口胃豪。

【七绝】

土豆

卵状球形内隐仙，金身玉体惹人怜。
丰年餐宴日常见，荒岁能同苕比肩。

【七绝】

莲藕

玉臂玲珑百窍通，成长有节不凡同。
为了叶绿花香美，甘愿屈身泥水中。

【七绝】

扁豆

湖岸田坡闲处生，不需搭架易牵藤。
年年绿叶伴蝶舞，岁岁月芽心愿成。

【七绝】

苋菜

年年岁岁雁来红，茎叶软滑色彩丰。
清热润肠金不换，减肥保健显奇功。

【七绝】

茼蒿

曾贵宫廷御膳房，乾坤灵气孕蔬皇。
可怜诗圣福缘浅，病入膏肓已枉尝。

【七绝】

藜蒿

中华自古有天珍，虫病罕稀营养纯。
腊肉嫩茎一小炒，羡杀多少嘴馋人。

【七绝】

芋头

叶柄肥长叶盾形，母茎若脑发根萦。
娘儿一体宫廷现，蔬菜粮食自古名。

【七绝】

山药

脆粉黏黏甜味绵，生食熟啖润心田。
根根棍棒皆珍宝，佑我中华福寿延。

【七绝】

红菜薹

红茎拔挺卉金黄，佳丽佐餐甜脆香。
金殿玉蔬天界种，观音恩赐惠吾邦。

【七绝】

萝卜

长圆球状肉直根，素表红妆绿几分。
生若鲜梨熟似芋，世人夸我赛人参。

【七绝】

胡萝卜

百炼胡儿志气高，环球大地绿缨飘。
红黄肉棒一出土，甜美世间千万娇。

【七绝】

香椿

天赐大红椿树优，嫩芽更是菜珍馐。
一从汉代蔬吃起，食药明星香九州。

【七绝】

贡菜

色泽鲜绿细干长，脆爽齿舌蜇味香。
曾贡宫廷名贡菜，常吃可保体愉康。

【七绝】

海带

鲜湿色绿晒干黑，海水低温育带肥。
能降糖脂能补脑，常吃健美两相随。

【七绝】

紫菜

外观不雅质牛哉，此物源从海里来。
美味常依心智巧，健康得益好食材。

【七绝】

芡实

昔日湖塘常现身，以为杂草总伤神。
如今走进百科里，方晓无知易误人。

【七绝】

辣椒

鲜嫩青青熟紫红，指头变化小灯笼。
自从南美一发现，尘世渐刮热辣风。

【七绝】

番茄

外表美观心里甜，凡尘幸运有红仙。
若非一士勇尝试，环宇怎得喜庆圆。

【七绝】

黄瓜

表皮糙刺体长圆，黄绿老熟青嫩鲜。
入口香甜清脆爽，解饥消渴美容颜。

【七绝】

南瓜

藤茎节节布根长，多样果形肉色黄。
易种易活高量产，既担蔬菜又当粮。

【七绝】

冬瓜

牵藤爬架柱圆牛，立世青白瓤籽优。
自古中华天赐宝，枕头夜夜少烦愁。

【七绝】

苦瓜

形体纺锤瘤皱囊，青白鲜嫩老橙黄。

自从君子之交后，乐在苦中年月祥。

【七绝】

丝瓜

藤蔓身披绿羽裳，黄花点缀架棚香。

青蛇吐杏栉风美，猿臂倒悬沐雨强。

【七绝】

瓠瓜

嫩鲜宜做菜肴汤，老朽为瓢为酒囊。

百姓生活平淡过，不求满脑与肥肠。

【七绝】

茄子

绿白红紫状圆长，柔软如棉赛秀娘。
鲜嫩劝君多品味，莫留秋老苦肝肠。

【七绝】

洋姜

脆甜入口乐无涯，百度佳评灿若霞。
抗旱耐寒贫不畏，年年秋至绽黄花。

【七绝】

莼菜

沃泥清水育蔬仙，飘绿浮圆似睡莲。
滑嫩圆融一入口，金銮宝殿不流连。

【七绝】

蒜苗

辣香鞘叶蒜青苗，营养富丰能量高。
配菜深得群众喜，炒食更把病菌消。

【七绝】

苦菊

菊属鲜蔬卓不群，甜中带苦少诗吟。
红尘一世多磕绊，火去眸明幸友亲。

【七绝】

马齿苋

红茎绿叶小花黄，耐旱喜湿伏地长。
凉拌炒食皆可口，灾年辅助度饥荒。

【七绝】

红凤菜

林下山坡有幸逢，绿颜紫背凤姿容。
世间野物多仙味，只怕伤肝美梦空。

【七绝】

黄秋葵

绿叶纷披茎挺拔，年年秋夏绽黄葩。
结得羊角异奇果，害我馋虫满脑爬。

【七绝】

芥蓝

爽脆清甜味美鲜，南国一入便结缘。
世间生克常相伴，馋嘴岂能做圣贤。

【七绝】

葛

牵藤山野寂无名，薯样肥根药性平。
一自葛洪仙道扰，济民救世不消停。

【七绝】

九层塔

披针卵叶亦蔬珍，花序伞轮塔九层。
珠果结出金不换，五洲一圣满园芬。

【七绝】

菜瓜

身体棒形或柱圆，容颜淡绿肉白鲜。
炒食清爽众人口，腌制亦得百姓怜。

【七绝】

乌塌菜

性喜冷凉塌地身，菊花形象见精神。
年年绿献维他命，代代炒食汤煮存。

【七绝】

黄花菜

芳香馥郁淡黄葩，户户厨房难少它。
观看品尝忧可忘，当称华夏母亲花。

【七绝】

苤蓝

异变甘蓝一特蔬，球茎生翼不凡俗。
皮削细切盐腌渍，凉爽半盘下酒足。

【七绝】

地耳

雷隐雨歇地现妖，菌丝内绕外胶包。
蛋白高妙富营养，年老痴呆亦可疗。

【七绝】

香菇

自古中华慧眼存，而今世界贵山珍。
芬芳灰褐小菌伞，挡雨遮风赛大神。

【七绝】

花菇

顶面开花底色黄，冰肌玉质味纯香。
去疾保健防癌变，皇后山珍诚敢当。

【七绝】

口蘑

白玉半球小伞君，芳踪昔在草原寻。
而今口市一集散，仙物惠临百姓门。

【七绝】

杏鲍菇

菌柄乳白盖暗黄，鲍鱼口感杏仁香。
一从命握世人手，玉棒宝铃不价昂。

【七绝】

鸡腿菇

林间草地隐精灵，鸡腿外形享令名。
鬼伞毛头昔罕见，如今新秀正风行。

【七绝】

平菇

叠聚丛生小伞林，只只侧耳谛天心。
仙家莫怪云纷乱，尘世本多逐利人。

【七绝】

草菇

包脚兰花皆象形，腐湿稻草孕菌灵。
鼠灰肥厚味滑爽，历久栽培世著名。

【七绝】

白玉菇

肌冰肤雪体晶莹，玉叶金枝人睐青。
入口嫩滑甜脆爽，保康去患赛神灵。

【七绝】

茶树菇

昔日油茶腐木生，而今培育已功成。
柄长盖小味香美，保健食疗显异能。

【七绝】

金针菇

世间遍布怎虚无，形似金针味特殊。
防治溃疡增智力，癌魔抵抗不含糊。

【七绝】

猴头菇

猴头形象素中荤，腐木生长树洞存。
炖炒昔时皆味美，如今玉液更宜人。

【七绝】

红菇

生在腐酸一菌仙，无花无果自繁延。

火红华盖星光闪，恩惠人间数百年。

【七绝】

白灵菇

灵芝模样体洁白，滋味嫩鲜不世材。

有幸今生常入口，满圆长寿自然来。

【七绝】

羊肚菌

火灾过后旧林行，羊肚蜂巢触目惊。

失去一时别断望，上苍永远主公平。

【七绝】

虎奶菇

虎脚菌核浅玉杯，盛得虎奶口涎垂。
当今处处有神话，稀世奇珍民可为。

【七绝】

松茸

半圆菌盖柄粗长，鳞褐肉白味郁香。
不栎非松无惠赐，无伦营养世称王。

【七绝】

牛肝菌

菌柄壮粗盖扁圆，白黄黑赤味香甜。
满天星品诚难数，不似牛肝更像仙。

【七绝】

竹荪

深绿菌冠雪网裙，菌托红蛋柄白银。
孤高只与老竹伴，仙子下凡皇后临。

【七绝】

鸡油菌

肉质喇叭黄杏颜，北温林地育菇仙。
吸油炖炒咬油喷，利肺明眸香又甜。

【七绝】

裙带菜

蔬菜只闻陆地栽，此君却自海中来。
娇躯妙曼人间舞，别样风光益体怀。

【七绝】

雪里红

地冻天寒万物休，雪中红火此蔬优。
一经腌制味香美，冬日有亲何复求。

【七绝】

芥菜

涪陵榨菜响中华，本是蔬中一辣妈。
种子磨出名芥末，生活调味入千家。

【七绝】

茴香

貌似文竹花伞黄，西洋远嫁一厨娘。
嫩鲜茎叶宜为馅，果子长怀调味香。

【七绝】

牛蒡

一物直根肉棒牛，敢同山药比风流。
男人吃了体雄健，女士见之心痒羞。

【七绝】

百合

玉体婷婷貌美香，鳞茎片聚令名祥。
蔬食药用芳姿雅，福祝新人日月长。

山水集

乐山乐水乐自己
（序）

伍剑

六年前，在作协成立之初，我和宣传部朱振江主任到汉商集团，当时麻总就热情地推荐他们集团的一位诗人，叫曾小强。麻总称赞曾小强为“农民诗人中的古典派”。当时我对这样的称呼觉得很莫名其妙，既然是“农民诗人”，又为何称为“古典派”？大概第二次见到麻总，他电话让曾小强到办公室来见我们。

见到曾小强，我的第一印象就是一位朴实的农民。他个儿不高，方形脸，开始说话很腼腆，但谈到诗歌时，就感到他的热情和他思维的敏捷，以及能触景生情，出口成章的才干。他告诉我，他在长江文艺出版社出版了一本诗集。

当时他拿诗集送给我，我见到简洁的封面设计上署名为未名。说到未名这个诗人我也有所闻，他在当时的江堤乡还是颇有名气的，有很多写乡情的诗歌。后来城中村改造，他也由一名农民成了城市居民，也就到了汉商集团工作。于是，我当即接受他为我们作协的会员。

过了不久，他到我家拜访，他和我聊到我的《外婆》这本书。我很吃惊，虽然这本书有十几万的销售量，毕竟是一本儿童小说。曾小强是成年人，怎么去读一本儿童小说？他说，他喜欢读书，只要是好书，他都会去阅读。他读了好几遍我的《外婆》，并开始和我谈我的《外婆》中的思想以及用词遣句。他爽朗地聊着，我似乎感到他的外表和内心极为不相符，外表虽然粗犷，但内心极为细腻，对文字有极强的敏感度，并当场为我的《外婆》赋诗一首，让人感动。同时，他告诉我，他家里有《资治通鉴》《文选颜鲍谢诗评》《乐府诗集》《全唐诗》《辞通》《清八大家词集》……简直无法想象，一个奔波于生计的农民，会购买如此多的书籍。

最近几年，我退休后，不是忙于各种社会活动，就是埋头在家创作，作协的活动也主要是几个副主席在负责，所以，我渐渐很少关心他，听到他的信息也少了。

今天他和我通电话，很兴奋地告诉我，说他又创作了一部《山水集》，并希望发给我指导。他说退休后，希望像古人那般走遍祖国的山山水水，更希望像古人一般把祖国的山山水水写下来。他说他喜欢李白的古风、杜甫的律诗以及辛弃疾的词。他坦言在中国古代诗人中，最爱陆游。他说得很真诚，很激动，仿佛是他一生的愿望。

“诗歌是我灵魂的支点，”曾小强说，“我写诗歌，常常情不自禁，有一种极为强烈的冲动。有人说，我写写诗歌，是为了改变自己的社会地位，或者是为了改变自己的生活状态，其实，真不是。我就是喜欢，热爱。”

曾小强的话，我信。

聊过之后，我打开的诗集文档，首先见到一首写庐山的七律：“一车飞旋翠苍间，街市云深入眼帘。房就石材高矮造，路依山势起伏延。夜凉人少虫鸣响，日暖客多车啸喧。何处诗仙仙迹觅，香炉瀑布彩虹烟。”

我不太懂古典诗词的格律，更不懂诗词的平仄格律，包括对仗，我也是一知半解，按理说，我没有资格来给他写这篇序言，但“香炉瀑布彩虹烟”一句打动了我。我去过庐山，见过庐山瀑布，当时我是吟诵着李白的“飞流直下三千尺，疑是银河落九天”的句子，今天我读到“香炉瀑布彩虹烟”一句，也觉得极为形象，当时天上挂着一轮太阳，从峡谷飞溅的瀑布，在阳光下瀑布就如“彩虹烟”。

应该说曾小强的诗，虽然充满着想象，实则应用了实写的写法，现代诗歌大多数采用虚写的手法，毋庸置疑，虚写会使诗歌失却真感情，容易使一首看似完整的具体的诗歌显得有些做作。故而，古人说诗歌应自然到“真与不夺，强得易贫”，含蓄到“不著一字，尽得风流”，如此境界也许对当今的诗人们是一种考验和强求了，但如何把握一首诗歌，让其在自我的情感和灵感以及想象中自然结合，这也是难的了。古人又说写实境时应“情性所至，妙不自寻”。曾小强的诗，应该做到了。

【七律】

泰山

一山稳坐亚洲东，千载享尊不二荣。
旭日东升欣翠绿，晚霞夕照灿骄红。
黄河金带胜天现，云海玉盘化境融。
望岳谁遮诗圣目，而今登顶我为峰。

【七律】

黄山

华夏黟山铸伟功，自然文化两殊荣。
松奇百态客迎喜，石怪千形猴望穷。
云海苍茫涌画卷，峰林峻峭秀芙蓉。
毗决飞瀑动心魄，沐浴灵泉蹑帝踪。

【七律】

峨眉山

邛崃余脉势天侵，一体四峨眉黛匀。
貌秀何乏云雨恋，身高自有雪霜殷。
动植丰富榜单著，寺庙众多菩萨矜。
几度沧桑金顶圣，览游消暑诱人心。

【七律】

庐山

一车飞旋翠苍间，街市云深入眼帘。
房就石材高矮造，路依山势起伏延。
夜凉人少虫鸣响，日暖客多车啸喧。
何处诗仙仙迹觅，香炉瀑布彩虹烟。

【七律】

珠穆朗玛峰

雄立地球千万年，入霄接汉最高巅。
移冬换夏诚奇梦，揽月摘星若等闲。
鹰隼何曾惜翅弱，猿猴几度叹冰坚。
历来名就功成者，除却人杰是贬仙。

【七律】

长白山

暂歇怒火地魔山，峰众高托海眼单。
几带挂垂植异览，一流纵跃瀑奇观。
绵延脉络朝俄境，滋润干支东北圈。
昔日满族神圣地，而今重任旅游担。

【七律】

华山

挺立陕西峰若花，雄奇险峻昊天插。
山高丈万雁焉落，崖陡仞千豹怎爬。
曾是仙君圆爱所，历为道士炼真家。
渭黄玉带长萦绕，华夏文明此处发。

【七律】

武夷山

巉岩峡谷美丹霞，屋脊华东育物华。
一线天开欣纵目，九曲溪澈畅游筏。
雨帘奇洞圣仙府，架壑船棺贵鬼家。
朱子教堂香溢远，世遗世保世人夸。

【七律】

玉山

名山榜现异颜容，一岳高耸台岛中。
日照银巅光闪烁，月悬峭壁影朦胧。
位居温带绿植美，身被海拥雨水丰。
昔日殖民新顶地，如今大众乐园融。

【七律】

五台山

五峰伟立顶如台，屋脊北方叶斗开。
三季冷寒人少至，一时凉爽客多来。
文殊菩萨道行场，佛教名山首位排。
圣地今朝吾辈览，只图益性不求财。

【七律】

东灵山

谁把令名冠此公，此中因果怎难融。
阳台结伴日巡路，草甸相邻月寝宫。
一夏爽凉伏虎隐，三冬酷冷藏牛逢。
纵隔灵鹫西天远，却近人间权力峰。

【七律】

盘山

始汉兴唐极盛清，佛皇古迹助芳名。
山门步入琅嬛胜，磴道陟攀画卷灵。
暮雨三盘心地懵，月峰一挂海天清。
禅房借宿好圆梦，来日朝晖更惠晴。

【七律】

恒山

绝塞名山柱北天，雁门掌控跨幽燕。
峰丛历代旌旗舞，关险往昔战鼓喧。
天岭众观全景秀，翠屏一寺半空悬。
如今盛世尽情赏，不必屈膝塑像前。

【七律】

壶口瀑布

晋秦峡谷聚恩仇，千里黄河壶口收。
海立山飞涛沫艳，天惊地震雾烟稠。
冰峰倒挂严冬乐，洪水横出酷暑忧。
奋勇冲开石岛禁，高歌一路展风流。

【七律】

呼伦湖

草原之肾草原珠，游牧祥发赖此婴。
泉眼丰明水草盛，天空纯净锦霞愉。
目欣秀岸观悠鸟，意惬扁舟钓硕鱼。
凄美传说非诞妄，愿随贝尔任人吁。

【七律】

额尔古纳河

清订中俄分界河，圣华图版顶冠格。
一方惠哺生灵壮，两岸恩滋土地泽。
贝尔呼伦风物俭，弘吉剌部丽人奢。
起源绿岭融黑水，沿路悠扬慈母歌。

【七律】

成山头

环海三方一陆腾，尽头好望艳阳升。
浪丛浩渺连天涌，峰众翠苍绵地呈。
汉武祠修歌赤雁，秦皇庙建梦长生。
名滩丽色屡欣赏，伟岸今分杯一羹。

【七律】

沂山

赫赫碑林镇首冠，东临大海第一山。
雄狮一啮啸声暖，崖瀑千尺雪练寒。
攀顶探石欣览日，拜佛圣殿肃参禅。
历朝皇帝登封地，吾辈如今尽兴欢。

【七律】

崂山

中华海岸第一峰，海色山光青岛荣。
岬角滩湾交错布，层峦叠嶂纵横盟。
龙巅日照朝晖艳，狮岭云横晚练红。
无愧道家灵异地，仙泉圣水世推崇。

【七律】

京杭大运河

大地华章展异能，雄风不逊古长城。
贯通南北兴国运，连系东西利众生。
吴越开凿千载远，隋元功就万年恒。
铁公畅旺漕航断，南水北调细浪腾。

【七律】

医巫闾山

肃慎之国红鹿山，舜封北镇豹名传。
壁崖碑刻星棋布，寺刹亭阁云雾缠。
道隐谷中泉乐畅，海观峰上语声欢。
一幅博大墨泼画，长令世人喜仰瞻。

【七律】

鸭绿江

一江碧水界芳邻，两岸亲情浸赤心。
弹孔诉说风雨骤，断桥讲述雪雹频。
不存恶虎谋皮念，敢向真神展伟襟。
勇士万千国难死，换得明媚世间春。

【七律】

红海滩

碱蓬织就一滩红，芦苇编成八卦宫。
鸥戏龙湖呼看客，鹤鸣稻壤唤游朋。
廊桥爱梦梦甜美，依水云舟舟畅通。
盘锦大洼奇异景，人生几度可相逢。

【七律】

净月潭

层林怀抱一清潭，山水风情四季翻。
春日踏青千卉览，夏时消暑万荫穿。
秋来欣赏叶花醉，冬至畅玩冰雪酣。
绿海明珠神女秀，人间胜境列仙班。

【七律】

五大连池

一度熔岩喷涌时，白河堰塞串珠池。
曾经万古火山貌，变化而今浪漫诗。
矿水欣将鱼矿养，仙泉喜把世仙滋。
大餐当数黑龙宴，谁不愕然谁不痴。

【七律】

云台山

穹宇月星久欲摘，赋闲修武访云台。
峰石崖谷展奇志，泉瀑涧潭呈异才。
覆釜山头祥瑞摄，温盘峪里锦霞拍。
子房湖上扁舟泛，翘盼擎天玉柱来。

【七律】

嵩山

左岱右华雄卧中，连天极峻九州龙。
三皇遗寨迹香远，二室留宫帝气隆。
中岳庙堂弘道法，少林寺里释禅宗。
观台日历嵩阳院，见证昔年圣火红。

【七律】

武汉月湖

仙境世间何处求，近年最爱月湖游。
秀灵山水天精造，典雅亭阁人巧筹。
花树参差依地置，栈桥横纵就湖修。
琴台万载传佳话，剧院如今演亮眸。

【七律】

武汉东湖

丽质天生巧扮妆，东湖已比西湖强。
千顷浩瀚千般好，四片清纯四域香。
楚韵楚风融楚景，国魂国宝现国窗。
此生若不东湖览，休论中华尚雅郎。

【七律】

鸡公山

报晓雄鸡异誉扬，青分豫楚扼三江。
琼楼会聚万国萃，风貌另彰九寨香。
八景今朝连淡旺，三关古代系存亡。
山庄避暑首当选，莫使喔声透感伤。

【七律】

清江画廊

水清十丈美名扬，百里长阳似画廊。
齐岳源出得帝赐，重山穿越赖从帮。
两边勾勒壁崖峻，一路墨泼风物芳。
昔日天灾人患处，如今笑语乐歌昌。

【七律】

武当山

一柱擎天百众从，神山胜境五洲龙。
煌煌古建世遗著，赫赫真君皇室崇。
仙气催生天籁乐，道宗孕育地绝功。
人间未展鸿鹄翼，洞府余生亦乐融。

【七律】

神农架

华中脊顶鄂西端，搭架神农留美谈。
叠翠千峰云雾绕，幽深万壑瀑泉欢。
金猴岭上金猴跃，银燕洞中银燕翻。
原祖化石当敬畏，祭坛跪拜可心安。

【七律】

长江三峡

控鄂辖渝气势宏，夔门自古险关雄。
天坑地缝弟兄近，奉节托孤主辅融。
叠嶂巫山神女秀，钟灵丽水汉妃荣。
截流大坝世惊叹，一路旅途颂雅风。

【七律】

九宫山

幕阜脉中横亘延，云湖宝镜诱佛仙。
顽石剑破徒十百，节树枝招客万千。
腐朽王朝天不佑，沉沦主辅地难全。
如今风电正光亮，岂让浮华坏水源。

【七律】

衡山

南国雄立正身衡，上应天官主寿亨。
仰触长河天柱伟，俯瞰大地祝融能。
雁来雁去首峰暖，人育人学尾麓腾。
佛道如何石廪闭，欣荣紫盖政德撑。

【七律】

武陵源

奇貌林森可自豪，世遗世宝帽高标。
南天一柱冲霄峻，沧海五针固本牢。
天子山中风物贵，索溪峪里景观娇。
结缘庆幸张家界，世外桃源乐体摇。

【七律】

湘江

湘桂二源百度通，树枝网状世奇龙。
江南旺盛苍天祉，岭外贯通秦帝功。
华夏空中霹雳震，韶山冲上太阳红。
利兴除弊控枢纽，一路欢歌潮汇宗。

【七律】

洞庭湖

地设天垂罕水庭，君山遂借冠仙名。
典籍浩荡千千米，文采斑斓代代星。
三口分消扬子怒，四流调解洞庭惊。
岳阳楼上目舒展，天下食仓喜馈膺。

【七律】

肇庆鼎湖山

叠翠层峰耸碧空，顶湖玉液四时拥。
渊潭瀑布银河裂，沟谷洞穴圣水溶。
宝鼎园中国器重，庆云寺里梵香浓。
此生已被红尘累，错过仙山一卧龙。

【七律】

罗浮山

百里东江绕雾岚，浮来蓬岛傅罗山。
飞云峻耸千峰拱，白水洒脱万瀑攀。
福地洞天通化外，道宫佛殿度尘凡。
葛洪诚是仙师表，炉灶遗传好炼丹。

【七律】

丹霞山

颜似渥丹灿若霞，岭南仁化绽瑰葩。
顶平身陡麓舒缓，峰众岩奇径险狭。
上下层三由客赏，阳阴石二任人刮。
蜿蜒锦水画廊品，巴寨今宵且做家。

【七律】

漓江

峰峦万点绕青绸，奇貌岩溶不二流。
削壁垂河霞染岸，翠山浮水雾迷洲。
渔翁撒网鸬鹚逸，牧少放牛歌曲悠。
久慕桂林山水美，而今筏载画中游。

【七律】

德天大瀑布

温柔泼辣世稀无，跨境越国奇异姝。
腰系春江如玉带，首垂秀发落巢湖。
远观悬练泻银布，近看飞花溅玉珠。
姐妹雨狂连一体，德天成就焰情抒。

【七律】

五指山

五峰似指翠绵延，琼岛中心著伟篇。
白昼欲将金虎握，夜间更把玉盘悬。
一干良树由兹产，五道清流无彼源。
昔日战争根据地，如今建设大观园。

【七律】

黄浦江

源起淀湖漾沪中，夺淞入海色三融。
万国异彩涂江左，华夏雄风矗浦东。
道道虬穴穿暗底，条条雀虹架清空。
银涛壁立如山倒，航母一艘四海通。

【七律】

太湖

陨击断陷或成湖，风暴淤积不妄无。
浩渺烟波食物美，芳菲岛屿景观殊。
港河织网连江海，堤库聚能护地庐。
他日君来佳境赏，蠡施起舞献珍珠。

【七律】

雁荡山

东南一胜海边山，破火流纹惊宇寰。
伟体分身肢五立，顶湖结荡雁独盘。
峰岩异圣龙湫大，门洞玄奇折瀑三。
历代名人留墨宝，吾侪哪可手空还。

【七律】

会稽山

权重位高威镇南，栉风临海列仙班。
龙神布就炉香绕，姑圣驾来船翼观。
大禹陵集儒气正，阳明洞孕圣音端。
越国昔日发祥地，百鸟如今歌唱欢。

【七律】

楠溪江

佳景百千入画图，丽江一路串珍珠。
岩头古落滩林展，大若洞天群瀑出。
四海山高消暑适，石桅岩异览奇舒。
永嘉书院逗留久，美酒瓜鱼香透足。

【七律】

千岛湖

新安电站坝铜官，变换沧桑惊宇寰。
秀水清甜能便饮，美鱼丰赡可直观。
罕奇梅岛登台赏，威懔龙山入水盘。
湖岛锁猴何处有，人工胜境妙仙班。

【七律】

西湖

三面环山通海洋，杭城西域媚娇娘。
苍天点染芳华美，尘世淀积风韵长。
居易游吟双律醉，东坡饮占一绝香。
莫说今世无暇顾，几日偷闲何有妨。

【七律】

钱塘江

马新南北两流源，湾口喇叭接海天。
织网溪河灵秀域，串珠库坝靓华园。
野分吴越文明远，境焕容颜社会迁。
请看惊涛八月涌，弄潮健少代绵延。

【七律】

普陀山

浩茫东海有佛国，绿翠绵山龙卧波。
周四金沙留圣迹，誉三石怪隐传说。
寺庵蓬众至佛顶，洞壑穴奇通海郭。
昔日观音宣教地，现今游览话题多。

【七律】

九华山

南望黄山北俯江，百峰错落九华香。
天台自始眼空阔，禅寺从来烛泪长。
一夏雨多泉瀑盛，四时温适动植昌。
道衰佛旺传奇史，装饰肉身金殿堂。

【七律】

天柱山

潜皖二流亲密萦，大别余脉柱天擎。
宫从幽谷洞天赋，峰众奇石形象名。
题咏刻镌文雅意，瀑松奔放武风情。
今朝借助好光景，羽翼欣舒摘日星。

【七律】

琅琊山

文景自然一体观，蓬莱过后莫别山。
园门步入野芳萃，深秀延伸碧水欢。
禅寺拜佛心地隘，天关问道眼空宽。
何时置酒翁亭醉，续写华章万载刊。

【七律】

齐云山

白岳巍峨着绿衣，峻峰高耸与云齐。
瀑流纯净乐音爽，谷地幽深空气宜。
七姐仙桥缘分巧，一哥神寺令名稀。
登临绝顶日失览，云海浩茫涌胜机。

【七律】

清源山

冬暖夏凉温润天，一年四季涌清泉。
山门拙露玄奇意，石像巧雕祖老仙。
不仅多元文化展，更兼一线景观连。
红尘洞府一头指，高士当担九日缘。

【七律】

龙虎山

胸中龙虎久奔突，有幸金秋访道都。
河水碧澄滋化物，天门峻耸控仙途。
年年宫观炬香旺，代代府宅荣誉殊。
崖墓群棺谜解否，丹霞异貌世遗珠。

【七律】

三清山

上饶东北信江源，峻耸三峰清列巅。
葛祖山开留井灶，王孙宫建聚神仙。
骄龙出岫慕天上，玉女司春顾世间。
如画如诗千万景，五A更著世遗园。

【七律】

鄱阳湖

扬子贯穿赣北汪，五河集纳不寻常。
枯时一线洪连片，昔日挂葫鹅现祥。
鞋落仙姑贪物产，钟安地母控湖江。
壮观更有匡庐左，堪与洞庭论短长。

【七律】

天山

山脉三条列巨龙，新疆横贯舞云空。
安身多避海洋远，立地难绝雨雪洪。
烽火历朝生计起，文明几处走廊通。
瑶池圣母仍安否，丝路如今换异容。

【七律】

喀纳斯湖

追寻万里不虚无，林密山深隐圣姑。
变色湖中图画美，观鱼台上眼眸舒。
卧龙湾尾排流畅，驼颈湾头纳水突。
喀纳乌斯得幸品，佛光云海妙绝出。

【七律】

孔雀河

博斯腾水始唯一，不蔓无枝世罕奇。
冲破铁关游瀚海，贯穿库市润甜梨。
夕霞朝雾物华共，昔臭今香风貌移。
饮马班侯行久远，老夫垂钓百花堤。

【七律】

乔戈里峰

昆仑山脉一魔王，难测常年风雪狂。
头戴金冠形险峻，身缠龙脊势飞扬。
顶登乔获殊荣耀，峰越珠乏异彩光。
虽有传说传爱恋，终留冰泪映霞阳。

【七律】

唐古拉山口

铁公二路向天庭，峻耸一山分藏青。
脚下专区羚体壮，首端扬子水源灵。
碑标门户景观显，风卷雪雹仓库名。
冻土深沉空氧少，格桑岁岁自煽情。

【七律】

通天河

通往天都传古籍，探源几度貌清晰。
梯床深嵌水能巨，树网严寒物产奇。
鲜美一河诚胃养，金黄沿岸确心迷。
悲哉不见老鼋渡，壮丽蛇曲绮梦依。

【七律】

贺兰山

一骏雄威西北原，江南塞北两重天。
红牛背上白骑士，黄母怀中锦绣绢。
常恨牧山逐马矢，不忧盛世起狼烟。
而今游赏大观苑，岩画奇惊浪漫仙。

【七律】

吴山

名山入史数千年，雄险幽奇秀俱全。
一瀑飞流虹挂地，五峰挺立掌擎天。
开皇诏建神祠起，香火历朝不断连。
今日得暇西镇览，屈身不耻酒爷前。

【七律】

麦积山

秦渭葱茏天地宽，麦积垛秀小陇山。
窟龛百二织蛛网，泥塑千余蔚壮观。
衣带飞天云彩舞，佛眸面世日辉传。
天公不灭国瑰宝，留给后人代代瞻。

【七律】

崆峒山

自古西来第一山，雄奇险峻灿霞丹。
体因空洞享尊号，文赖广成戴桂冠。
四季分别丰秀色，二河环抱毓灵观。
女娲太昊诞生地，世代让人崇仰攀。

【七律】

黄河首曲

母亲一扭巨龙身，千里草原展绿裙。
港汊悠扬湖碧静，牛羊欢跃马欣鸣。
奶茶稞酒飘香意，歌舞哈达献赤心。
避暑人间何处好，首曲最近上天春。

【七律】

滇池

许是地天结孽缘，立身长使众生癫。
入流由始龙奔跃，排道从来虫舞翩。
一埂自然分内外，万年风雨话酸甜。
今朝再把滇池览，世事变更妖焕仙。

【七律】

苍山

列峰十九点苍山，无渡云翻玉带缠。
立地身着花草饰，顶天头戴雪冰冠。
万年岩变玉石美，千载雨侵溪谷欢。
地久天长西洱伴，传奇神话彩蝶翻。

【七律】

洱海

一珍玉洱靓高原，大理白族别样天。
四季下关风弄景，千年上塞卉开颜。
苍山银发镜湖映，洱海金轮瀚宇悬。
望海楼头舒目览，秋波脉脉醉心田。

【七律】

玉龙雪山

群峰腾舞世奇龙，赤道邻亲一雪公。
扇子陡神无物越，云杉坪圣有人崇。
高原绿甸山环抱，蓝月白河水复通。
印象丽江诚大美，冰川万载映娇容。

【七律】

三江并流

银燕一飞我傲空，西南大地献骄容。
三龙并列思潮阔，四骏相排意境雄。
植动王国丰彩展，质形物馆异姿拥。
中华有此妙绝景，当谢下慈与上公。

【七律】

梅里雪山

梅里雪山气势宏，顶天卡瓦格博雄。
映霞金塔晴晨靓，笼雾银蛇雨日蒙。
明永冰川明镜永，绿葱玉带绿植葱。
凡俗只可转观拜，切莫奢求不世功。

【七律】

虎跳峡

一磐横卧窄江槽，万马奔腾狼豹嚎。
观上线天观下魇，撼人心魄撼山魈。
弟兄哈玉忠职守，妹妹金沙情智高。
世上险峡难胜数，唯斯虎跳领风骚。

【七律】

乌江

三岔六安两水源，滩多谷窄涌流颠。
落差巨大益发电，支汊富丰好灌田。
应晓红军曾强渡，莫当楚霸可悲牵。
长江最大上支系，泽被西南万万年。

【七律】

梵净山

久闻佛岳净无尘，今岁终得如愿临。
凤鸟翼挥千嶂拱，金龙昂首万方钦。
和温沛雨丰植动，福地洞天存宝珍。
有幸奇观云瀑赏，佛光不惠莫缘人。

【七律】

黄果树瀑布

漫道长河落九重，宕跌白水显神功。
声如雷震吼威虎，势若江翻卷巨龙。
珠溅霓出阳灿烂，雾激纱掩月朦胧。
黄葛胜境一游览，帘洞千年羡悟空。

【七律】

青城山

诸峰环峙若城垣，四季林森绿片连。
曲径能通幽胜处，丹梯可至老霄巅。
众多宫殿仙尊供，一处阁坊图画捐。
沟谷飞泉霞壁挂，岷江背靠面川原。

【七律】

岷江

源起岷山意向洋，西南谁比汝骄狂。
千年都堰惠天府，一片青城著画廊。
航运差强阆水拟，电能不逊雅砻香。
开枝散叶终回报，不愧长江好女郎。

【七律】

大渡河

千里风波万载澜，蛟龙天降越重山。
激流曾把翼王阻，铁索怎将红队拦。
电站梯级堤堰筑，虹桥格网索钢盘。
人间大渡何难渡，一样山川两景观。

【七律】

四姑娘山

四川境内次高峰，皇上顶天皇后从。
四季雪装披顶上，百年冰饰挂腰中。
麓坡显展奇植美，沟海幽藏异动丰。
虽是人间寒苦域，旅游亦可尽其功。

【七律】

西岭雪山

年少已闻诗圣吟，今朝有幸雪山临。
两条游线如人愿，五彩瀑流惊我心。
界划阴阳天气异，坪接日月海空亲。
红石尖顶近观赏，银岭庙基喜献金。

【七律】

九寨沟

六大景观丫字姿，缤纷五彩玉瑶池。
雪峰翠海神奇画，叠瀑蓝冰浪漫诗。
百里谷沟藏九寨，万顷林莽炫三时。
亦真亦幻如童话，水景之王悔见迟。

【七律】

黄龙

许是瑶池落九重，钙华湿地艳黄龙。
山雄峡峻绿植盛，冰圣雪洁珍动丰。
沟谷叠湖呈绣锦，壁崖飞瀑炫霓虹。
人间仙境一挥手，游客千年美梦同。

【七律】

稻城

中华圣地亚丁村，品字妙呈三怙神。
日照雪山金灿灿，月辉澄海彩纷纷。
冰川谷蕴动植异，牛奶湖扇游旅珍。
但愿世人皆保护，蓝星净土永得存。

【七律】

贡嘎山

日辉金塔若天宫，蜀地王山势峻雄。
四域登徒皆仰首，八方游客尽倾容。
年年神骏雪装换，岁岁蛟龙冰体崩。
阿尔卑斯飞燕子，海螺游进梦魂中。

【七律】

拉萨河

源自唐拉中北侧，藏区拉市母亲河。
干如巨蟒扭躯体，桥似哈达扬雪泽。
千载一宫金碧壮，新春两岸绿红奢。
人间天上圣洁水，日夜唱吟欢乐歌。

【七律】

纳木错

尘世最高一圣湖，草原环抱藏明珠。
山因水衬增雄俊，水赖山陪添雅姝。
鱼戏浅滩和近岸，鸟欢寒岛与湿涂。
天湖浸透神佛色，卜象转经咸玄乎。

【七律】

羊卓雍错

羊卓雍错远凡俗，青藏高原一圣姝。
好似雪峰澄碧坠，仿佛银汉湛蓝瑚。
湖滨草盛牛羊壮，水域食丰鱼鸟足。
山口岸边千载见，灵童代代玄奇出。

【七律】

雅鲁藏布大峡谷

弯拐马蹄下碧穹，噫吁雪域世奇龙。
吐出西北清凉水，吸纳东南湿润风。
植带九层垂壁挂，谷躯千障哪途通。
奔涛跌宕暴雷滚，变幻风云谁比雄。

【七律】

阿里山

火车螺旋向天盘，山聚十八怎一般。
云海森林呈异景，晚霞旭日展奇观。
传说生动弟兄落，神话悲伤姊妹潭。
可恨蔡妖生反骨，长峡浪涌不同欢。

【七律】

日月潭

峰峦环抱一澄泓，四季晨昏景不同。
金跃日出天地阔，纱织雨洒水山朦。
慈恩塔顶萦仁孝，文武庙堂聚凤龙。
珠岛中分阳月显，彩舟游荡画图丰。

【七律】

长江

雪山融涌众源流，汇聚奔腾永不休。
万岭劈开成玉带，三峡冲越亮星眸。
桥梁架设丰经运，湖网贯通利血周。
南水北调泽共享，东溟勇入济环球。

【七律】

黄河

圣泉天赐汇源流，曲九向东不转头。
孕育炎黄兴华夏，繁荣文化续春秋。
瀑激壶口虎狼怵，洪涌龙门神鬼愁。
千载一轮诚太久，清扬浊去日今谋。

【七律】

古琴台

名胜琴台大众观，龟山西麓月湖南。
馆雕入境知音会，石室印心情字刊。
身目一方风物览，思潮千载浪涛翻。
清风明月自无价，流水高山恒美弹。

【七律】

晴川阁

日灿花香四月馨，楚天名胜喜登临。
江流浩荡地渠异，桥柱雄威天堑平。
铁门关锁晴川道，禹稷宫凝人世情。
武汉风光如画美，翩翩黄鹤舞中兴。

【七律】

黄鹤楼

日上东平万象新，神州胜境又登临。
龟蛇两岸一桥贯，江汉三城二水分。
花木雁行修市貌，楼房苑立遂民心。
天空云锦请别舞，乘鹤待吾裁作衾。

【七律】

滕王阁

帝子高阁临赣江，雕梁画栋彩流香。
落霞孤鹜一夕远，秋水常天万载长。
明暗层楼存圣旨，古今街苑利游商。
览登欣诵英才序，也附雅风呈律章。

【七律】

岳阳楼

通天柱四顶头盔，琉瓦层三懿范垂。
浩水身临萦瑞紫，岛山面对浸雄威。
希文玉赋明忧乐，子美金诗悲满亏。
登览一楼儒气灌，无心亭醉百千杯。

【七律】

鹳雀楼

本依黄水枕中条，再现诗楼格调高。
普救寺中莺塔妙，蒲津渡口铁牛牢。
层檐三四仿唐制，上下方圆据史昭。
影壁鹳湖呈景限，风光尽览更冲霄。

后记

仁者乐山，智者乐水。我不是仁者，也不是智者，我只是山水的一个忠实情人和歌咏者。经过几年的孕育和分娩的阵痛，我的《山水集》终于诞生了！

全集荟萃了我的名山大川和名胜古迹诗作共一百零六篇。前列中华十大名山，中间按中华版图分片编排，长江黄河殿后，另附武汉三大名胜和中华四大名楼。

我的《山水集》能健康降生，一面方靠我多年零星的旅游积累，更主要得益于网络这个金牌的导游。它不仅奉献了图片的视觉盛宴，而且还给了详细规范的文字解说和甜美声音的叙述；她让我在短时间内畅游了祖国的大好河山。

这里我要着重讲一下我的《古琴台》创作。

古琴台是我家乡的名胜，是我经常光顾的地方；因为熟悉，所以写起来非常得心应手。我的《古琴台》诗的首联“名胜琴台大众观，龟山西麓月湖南”，是写古琴台的声誉和古琴台的方位；颔联“馆雕入境知音会，石室印心情字刊”，是写雕像馆知音相会和镌刻印心石屋四个金字的印心石屋；颈联“身目一方风物览，思潮千载浪涛翻”，写游览方形古琴台遗迹和游览时的情感变化；尾联“清风明月自无价，流水高山恒美弹”，化用印心石屋的对联——清风明月本无价，流水高山自有情，是对古琴台和知音文化的价值所做的意义上的升华。全诗起承转合基本拿捏到位，是我比较喜欢的一首诗。

由于很多名山大川未亲历亲览，自然免不了有些诗作缺少感情的浸润和形象的比喻，致使有些诗语苍白乏味；然而同时也避免了亲身游览的缺失和片面。比如我写的庐山一诗：“一车飞旋翠苍间，街市云深入眼帘。房就石材高矮造，路依山势起伏延。夜凉人少虫鸣响，日暖客多车啸喧。何处诗仙仙迹觅，香炉瀑布彩虹烟。”这首诗就是一段片面的经历和观感，并没反映庐山的全貌，严谨的标题应该是《庐山寻仙》。

本集诗作全部用七律写就。绝大多数合辙押韵，中规中矩，但也有极个别出律的问题。例如我的《晴川阁》颔联与颈联就失黏了。还有《梅里雪山》的第二句："顶天卡瓦格博雄"，就因为专有名词，出现了三平尾。好了，不赘述了，质量优劣，还是交给有缘此集的专家和读者朋友吧！

我不敢奢求我的这本集子能成为广大旅游爱好者愉情益性必备的经典，但我希望能成为众多驴友附庸风雅时的一个文化装饰。

作者

2021.1.11